16	3	2	13
5	10	11	8
9	6	7	12
4	15	14	1

Sófocles

FILOCTETES

Edição bilíngue
Tradução, posfácio e notas de Trajano Vieira
Ensaio de Edmund Wilson

editora■34

EDITORA 34

Editora 34 Ltda.
Rua Hungria, 592 Jardim Europa CEP 01455-000
São Paulo - SP Brasil Tel/Fax (11) 3811-6777 www.editora34.com.br

Copyright © Editora 34 Ltda., 2009
Tradução, posfácio e notas © Trajano Vieira, 2009
"Philoctetes: The Wound and the Bow" (extraído de *The Wound and the Bow*, de Edmund Wilson) © Edmund Wilson, 1978.
Reproduzido sob licença de Farrar, Straus and Giroux, LLC.

A FOTOCÓPIA DE QUALQUER FOLHA DESTE LIVRO É ILEGAL E CONFIGURA UMA APROPRIAÇÃO INDEVIDA DOS DIREITOS INTELECTUAIS E PATRIMONIAIS DO AUTOR.

Título original:
Φιλοκτήτης

Capa, projeto gráfico e editoração eletrônica:
Bracher & Malta Produção Gráfica

Revisão:
Alberto Martins, Cide Piquet, Sérgio Molina

1ª Edição - 2009, 2ª Edição - 2014 (2ª Reimpressão - 2023)

CIP - Brasil. Catalogação na-Fonte
(Sindicato Nacional dos Editores de Livros, RJ, Brasil)

S664f
Sófocles, 496-406 a.C.
  Filoctetes / Sófocles; edição bilíngue; tradução, posfácio e notas de Trajano Vieira; ensaio de Edmund Wilson — São Paulo: Editora 34, 2014 (2ª Edição).
216 p.

ISBN 978-85-7326-417-3

Texto bilíngue, português e grego

  1. Teatro grego (Tragédia). I. Vieira, Trajano. II. Wilson, Edmund, 1895-1972. III. Título.

CDD - 882

FILOCTETES

Argumento 9

Τὰ τοῦ δράματος πρόσωπα 10
Personagens 11

Φιλοκτήτης 12
FILOCTETES 13

Posfácio do tradutor 175
Métrica e critérios de tradução 181
Sobre o autor 185
Sugestões bibliográficas 187
Excertos da crítica 189

"Filoctetes: a ferida e o arco",
    Edmund Wilson 193

Sobre o tradutor 215

ΣΩΚΡΑΤΗΣ: τί ποτ' οὖν ὁ ἄνθρωπος;
ΑΛΚΙΒΙΑΔΗΣ: οὐκ ἔχω λέγειν.

SÓCRATES: Bem, então, o que é o ser humano?
ALCIBÍADES: Não posso dizer.

Platão, *Alcibíades* I, 129e

Argumento

O argumento deste drama de Sófocles pode ser apresentado sucintamente. Filoctetes é um dos heróis gregos que partiram para lutar em Troia. Durante a viagem à cidadela de Heitor, os gregos aportam na ilha de Crisa, a fim de oferecer sacrifício à deusa local. Filoctetes invade o espaço sagrado, onde é picado no pé pela serpente guardiã do recinto. Devido a seus gritos lancinantes de dor e ao cheiro fétido exalado de sua chaga, os líderes gregos, particularmente Odisseu e os dois atridas, Agamêmnon e Menelau, decidem abandoná-lo na ilha deserta de Lemnos.

As únicas companhias do herói nesse ambiente ermo são o arco e as flechas recebidos de Héracles, que tornam o personagem ferido praticamente imbatível. Segundo um mito de origem difusa, Héracles presenteara Filoctetes em retribuição ao fato de ele ter acendido sua pira fúnebre, depois que seu filho Hilo se recusara a fazê-lo.

No décimo ano de guerra, os gregos tomam ciência, através do vate Heleno, de que só teriam sucesso se Filoctetes ingressasse no campo de batalha com seu armamento. Impossibilitado de agir diretamente, Odisseu manipula o filho de Aquiles, Neoptólemo, para levar a cabo a empresa de conduzir Filoctetes a Troia. É nesse ponto do enredo que a peça tem início.

Τὰ τοῦ δράματος πρόσωπα

ΟΔΥΣΣΕΥΣ

ΝΕΟΠΤΟΛΕΜΟΣ

ΧΟΡΟΣ

ΦΙΛΟΚΤΗΤΗΣ

ΕΜΠΟΡΟΣ

ΗΡΑΚΛΗΣ

Personagens

ODISSEU
NEOPTÓLEMO
CORO (de marinheiros de Neoptólemo)
FILOCTETES
MERCADOR (marinheiro disfarçado, enviado de Odisseu)
HÉRACLES

Φιλοκτήτης*

ΟΔΥΣΣΕΥΣ
Ἀκτὴ μὲν ἥδε τῆς περιρρύτου χθονὸς
Λήμνου, βροτοῖς ἄστιπτος οὐδ' οἰκουμένη,
ἔνθ', ὦ κρατίστου πατρὸς Ἑλλήνων τραφεὶς
Ἀχιλλέως παῖ Νεοπτόλεμε, τὸν Μηλιᾶ
Ποίαντος υἱὸν ἐξέθηκ' ἐγώ ποτε,   5
ταχθεὶς τόδ' ἔρδειν τῶν ἀνασσόντων ὕπο,
νόσῳ καταστάζοντα διαβόρῳ πόδα·
ὅτ' οὔτε λοιβῆς ἡμὶν οὔτε θυμάτων
παρῆν ἑκήλοις προσθιγεῖν, ἀλλ' ἀγρίαις
κατεῖχ' ἀεὶ πᾶν στρατόπεδον δυσφημίαις,   10
βοῶν, στενάζων. ἀλλὰ ταῦτα μὲν τί δεῖ
λέγειν; ἀκμὴ γὰρ οὐ μακρῶν ἡμῖν λόγων,
μὴ καὶ μάθῃ μ' ἥκοντα κἀκχέω τὸ πᾶν
σόφισμα τῷ νιν αὐτίχ' αἱρήσειν δοκῶ.

---

* Texto grego estabelecido a partir de *The Philoctetes of Sophocles*, edição, introdução e notas de Sir Richard Jebb, Cambridge, Cambridge University Press, 1898; *Antigone/Women of Trachis/Philoctetes/Oedipus at Colonus*, edição e tradução de Hugh Lloyd-Jones, Cambridge, Massachusetts/Londres, Harvard University Press, 2002 (Loeb Classical Library); *Filottete*, edição de Guido Avezzù e Pietro Pucci, tradução de Giovanni Cerri, Milão, Fondazione Lorenzo Valla/Mondadori, 2003.

Filoctetes

ODISSEU

Eis que se descortina o cabo que ôndulas
lêmnias[1] circum-envolvem. Rastros de homem
não há, tampouco traços de morada.
Ali deixei o filho maliano[2]
de Poianto,[3] ó Neoptólemo aquileu,   5
estirpe magna! Executei as ordens
dos líderes helenos. Pus manava-lhe
dos pés, gangrena corrosiva. Não
libávamos, ouvindo-lhe os queixumes,
as maldições ecoando em nossas tendas.   10
Mas não percamos tempo com parlendas!
Deve ignorar que vim; caso contrário,
não frutificará todo sofisma[4]
com que pretendo capturá-lo em breve.

---

[1] Adjetivo relativo à ilha de Lemnos, onde os gregos abandonaram Filoctetes por dez anos.

[2] Situada na Tessália, Mália é a região natal de Filoctetes.

[3] Também na *Odisseia* (III, 190), Poianto, um dos argonautas, aparece como pai de Filoctetes.

[4] Chama a atenção o emprego de um termo técnico da filosofia da época de Sófocles: "sofisma", nesta passagem, coloca em relevo a "sutileza", a "habilidade" discursiva de Odisseu.

ἀλλ' ἔργον ἤδη σὸν τὰ λοίφ' ὑπηρετεῖν,　　　　　15
σκοπεῖν θ' ὅπου 'στ' ἐνταῦθα δίστομος πέτρα
τοιάδ', ἵν' ἐν ψύχει μὲν ἡλίου διπλῆ
πάρεστιν ἐνθάκησις, ἐν θέρει δ' ὕπνον
δι' ἀμφιτρῆτος αὐλίου πέμπει πνοή·
βαιὸν δ' ἔνερθεν ἐξ ἀριστερᾶς τάχ' ἂν　　　　　20
ἴδοις ποτὸν κρηναῖον, εἴπερ ἐστὶ σῶν.
ἅ μοι προσελθὼν σῖγα σήμαιν' εἴτ' ἔχει
χῶρον τὸν αὐτὸν τόνδ' ἔτ' εἴτ' ἄλλῃ κυρεῖ,
ὡς τἀπίλοιπα τῶν λόγων σὺ μὲν κλύῃς,
ἐγὼ δὲ φράζω, κοινὰ δ' ἐξ ἀμφοῖν ἴῃ.　　　　　25

ΝΕΟΠΤΟΛΕΜΟΣ
ἄναξ Ὀδυσσεῦ, τοὔργον οὐ μακρὰν λέγεις·
δοκῶ γὰρ οἷον εἶπας ἄντρον εἰσορᾶν.

ΟΔΥΣΣΕΥΣ
ἄνωθεν, ἢ κάτωθεν; οὐ γὰρ ἐννοῶ.

ΝΕΟΠΤΟΛΕΜΟΣ
τόδ' ἐξύπερθε, καὶ στίβου γ' οὐδεὶς κτύπος.

ΟΔΥΣΣΕΥΣ
ὅρα καθ' ὕπνον μὴ καταυλισθεὶς κυρῇ.　　　　　30

ΝΕΟΠΤΟΛΕΜΟΣ
ὁρῶ κενὴν οἴκησιν ἀνθρώπων δίχα.

Empenha-te em cumprir o que te cabe: 15
localizar a gruta, boca-dúplice,
que o sol aquenta quando gela e a brisa
conduz o sono na estação de estio
no meio da caverna ambientrável.
Quem sabe ainda exista o olho d'água 20
no lado esquerdo, abaixo. Avança quieto
e sinaliza se ele se mudou
ou se ainda habita a antiga moradia.
Só assim conhecerás a história na íntegra
de minha boca. Sócio, o feito é nosso![5] 25

[Neoptólemo sobe numa rocha]

NEOPTÓLEMO
Não pedes, sênior, algo de difícil
execução: pareço ver a gruta.

ODISSEU
Não a vislumbro: abaixo ou acima?

NEOPTÓLEMO
Nos cimos! Não distingo o som de passos!

ODISSEU
Consegues perceber se o sono o acalma? 30

[Neoptólemo aproxima-se da gruta]

NEOPTÓLEMO
Homem nenhum se encontra na morada.

---

[5] A relação entre Odisseu e Neoptólemo fica desde logo delineada, pois enquanto o primeiro fala, o segundo ouve.

ΟΔΥΣΣΕΥΣ
οὐδ' ἔνδον οἰκοποιός ἐστί τις τροφή;

ΝΕΟΠΤΟΛΕΜΟΣ
στιπτή γε φυλλὰς ὡς ἐναυλίζοντί τῳ.

ΟΔΥΣΣΕΥΣ
τὰ δ' ἄλλ' ἔρημα, κοὐδέν ἐσθ' ὑπόστεγον;

ΝΕΟΠΤΟΛΕΜΟΣ
αὐτόξυλόν γ' ἔκπωμα, φλαυρουργοῦ τινος   35
τεχνήματ' ἀνδρός, καὶ πυρεῖ' ὁμοῦ τάδε.

ΟΔΥΣΣΕΥΣ
κείνου τὸ θησαύρισμα σημαίνεις τόδε.

ΝΕΟΠΤΟΛΕΜΟΣ
ἰοὺ ἰού· καὶ ταῦτά γ' ἄλλα θάλπεται
ῥάκη, βαρείας του νοσηλείας πλέα.

ΟΔΥΣΣΕΥΣ
ἀνὴρ κατοικεῖ τούσδε τοὺς τόπους σαφῶς,   40
κἄστ' οὐχ ἑκάς που· πῶς γὰρ ἂν νοσῶν ἀνὴρ
κῶλον παλαιᾷ κηρὶ προσβαίη μακράν;
ἀλλ' ἢ 'πὶ φορβῆς νόστον ἐξελήλυθεν,
ἢ φύλλον εἴ τι νώδυνον κάτοιδέ που.
τὸν οὖν παρόντα πέμψον εἰς κατασκοπήν,   45

ODISSEU
Há no interior sinais de que é um lar?

NEOPTÓLEMO
Será um leito o tufo de folhagem?

ODISSEU
Mas isso é tudo sob o teto? E o resto?

NEOPTÓLEMO
Há uma copa de pau, que um pobre artífice   35
fabricou, mais uns trochos para o fogo.

ODISSEU
Pareces indicar-me seu tesouro.

NEOPTÓLEMO
Oh, céus! Que nojo! Uns panos rotos cheios
de purulento pus secam ali!

ODISSEU
É óbvio que ele mora na região   40
e que não se afastou: como o faria
alguém que traz nos pés a própria Ceres[6] —
maldita sina? Foi buscar talvez
comida ou planta que mitigue a dor.
Manda o comparsa esquadrinhar o espaço,   45

---

[6] Ceres são divindades relacionadas à morte, presentes já em Hesíodo (*Teogonia*, v. 211) e em Homero (*Ilíada*, VIII, 73; XII, 326). Como substantivo, o termo é vertido normalmente por "calamidade", "desgraça" etc.

μὴ καὶ λάθῃ με προσπεσών· ὡς μᾶλλον ἂν
ἕλοιτό μ᾽ ἢ τοὺς πάντας Ἀργείους λαβεῖν.

ΝΕΟΠΤΟΛΕΜΟΣ
ἀλλ᾽ ἔρχεταί τε καὶ φυλάξεται στίβος.
σὺ δ᾽ εἴ τι χρῄζεις, φράζε δευτέρῳ λόγῳ.

ΟΔΥΣΣΕΥΣ
Ἀχιλλέως παῖ, δεῖ σ᾽ ἐφ᾽ οἷς ἐλήλυθας   50
γενναῖον εἶναι, μὴ μόνον τῷ σώματι,
ἀλλ᾽ ἤν τι καινὸν ὧν πρὶν οὐκ ἀκήκοας
κλύῃς, ὑπουργεῖν, ὡς ὑπηρέτης πάρει.

ΝΕΟΠΤΟΛΕΜΟΣ
τί δῆτ᾽ ἄνωγας;

ΟΔΥΣΣΕΥΣ
             τὴν Φιλοκτήτου σε δεῖ
ψυχὴν ὅπως δόλοισιν ἐκκλέψεις λέγων,   55
ὅταν σ᾽ ἐρωτᾷ τίς τε καὶ πόθεν πάρει,
λέγειν, Ἀχιλλέως παῖς· τόδ᾽ οὐχὶ κλεπτέον·
πλεῖς δ᾽ ὡς πρὸς οἶκον, ἐκλιπὼν τὸ ναυτικὸν
στράτευμ᾽ Ἀχαιῶν, ἔχθος ἐχθήρας μέγα,
οἵ σ᾽ ἐν λιταῖς στείλαντες ἐξ οἴκων μολεῖν,   60
μόνην γ᾽ ἔχοντες τήνδ᾽ ἅλωσιν Ἰλίου,
οὐκ ἠξίωσαν τῶν Ἀχιλλείων ὅπλων
ἐλθόντι δοῦναι κυρίως αἰτουμένῳ,

para evitar surpresa: aprisionar-me
o satisfaz mais que arrestar a Grécia.

[O companheiro afasta-se pela esquerda]

NEOPTÓLEMO

Já pus nosso vigia alerta aos rastros.
Podes me esclarecer o que cogitas?

ODISSEU

Empenho! — é o que te peço, Aquileu; 50
não só que empenhes tua força: ciente
do que jamais ouviste, não me negues
ajuda, aceita ser o meu segundo!

NEOPTÓLEMO

Sou todo ouvido!

ODISSEU

    Se Filoctetes
tiver curiosidade em conhecer 55
quem é teu pai, responde! O importante
é envolvê-lo na trama do argumento:
afirma que deixaste a esquadra acaia
sonhando com teu lar! Te rói a ira,
pois foram te buscar com litanias, 60
só assim — diziam — conquistariam Ílion,[7]
mas na hora da partilha, dão as armas
do pés-velozes a quem de direito?[8]

---

[7] Desde Homero, Troia recebe diferentes designações, como "Ílion" e "Pérgamo" (ver, por exemplo, *Ilíada*, V, 446, 460).

[8] "Pés-velozes", epíteto de Aquiles.

ἀλλ' αὔτ' Ὀδυσσεῖ παρέδοσαν· λέγων ὅσ' ἂν
θέλῃς καθ' ἡμῶν ἔσχατ' ἐσχάτων κακά.   65
τούτῳ γὰρ οὐδέν μ' ἀλγυνεῖς· εἰ δ' ἐργάσῃ
μὴ ταῦτα, λύπην πᾶσιν Ἀργείοις βαλεῖς.
εἰ γὰρ τὰ τοῦδε τόξα μὴ ληφθήσεται,
οὐκ ἔστι πέρσαι σοι τὸ Δαρδάνου πέδον.
ὡς δ' ἔστ' ἐμοὶ μὲν οὐχί, σοὶ δ' ὁμιλία   70
πρὸς τόνδε πιστὴ καὶ βέβαιος, ἔκμαθε.
σὺ μὲν πέπλευκας οὔτ' ἔνορκος οὐδενὶ
οὔτ' ἐξ ἀνάγκης οὔτε τοῦ πρώτου στόλου,
ἐμοὶ δὲ τούτων οὐδέν ἐστ' ἀρνήσιμον.
ὥστ' εἴ με τόξων ἐγκρατὴς αἰσθήσεται,   75
ὄλωλα καὶ σὲ προσδιαφθερῶ ξυνών.
ἀλλ' αὐτὸ τοῦτο δεῖ σοφισθῆναι, κλοπεὺς
ὅπως γενήσει τῶν ἀνικήτων ὅπλων.
ἔξοιδα, παῖ, φύσει σε μὴ πεφυκότα
τοιαῦτα φωνεῖν μηδὲ τεχνᾶσθαι κακά·   80
ἀλλ' ἡδὺ γάρ τι κτῆμα τῆς νίκης λαβεῖν,
τόλμα· δίκαιοι δ' αὖθις ἐκφανούμεθα.
νῦν δ' εἰς ἀναιδὲς ἡμέρας μέρος βραχὺ
δός μοι σεαυτόν, κᾆτα τὸν λοιπὸν χρόνον
κέκλησο πάντων εὐσεβέστατος βροτῶν.   85

ΝΕΟΠΤΟΛΕΜΟΣ
ἐγὼ μὲν οὓς ἂν τῶν λόγων ἀλγῶ κλύων,
Λαερτίου παῖ, τούσδε καὶ πράσσειν στυγῶ·
ἔφυν γὰρ οὐδὲν ἐκ τέχνης πράσσειν κακῆς,

Que nada! Frios, premiam Odisseu.⁹
Solta os cachorros contra mim, sem pejo, 65
que eu não me ofendo! Tua discordância
dizimaria o contingente argivo.
Só devastas os plainos dardaneus
em posse do arco desse herói. Não posso
estreitar relações com Filoctetes, 70
mas podes, e eis por quê: não navegaste
nem a) por juramento prévio, nem
b) premido, nem c) como ex-colega —
ítens nos quais me enquadro. Com seu arco,
se ele notar que estou aqui, ó sócio, 75
além de mim, também estás perdido!
É como deves sofismar, ladrão
futuro do armamento inderrotável!
Sei bem que foge ao teu feitio, menino,
falar coisas assim, urdir ardis, 80
mas como conquistar vitória é doce,
coragem! Noutra vez, seremos justos!
Cede à impostura por um dia único,
doa-te a mim, pois há tempo de sobra
para escutares: "Eis um jovem probo!" 85

NEOPTÓLEMO
Me aperta o peito ouvir tua fala; anula-me
imaginar-me executando-a: não
fui feito para leviandades — dizem

---

⁹ Trata-se de uma meia-verdade: embora herde as armas de Aquiles numa terrível disputa com Ájax, segundo pinturas vasculares e a *Pequena Ilíada*, Odisseu as entrega a Neoptólemo, filho de Aquiles.

οὔτ' αὐτὸς οὔθ', ὥς φασιν, οὐκφύσας ἐμέ.
ἀλλ' εἴμ' ἑτοῖμος πρὸς βίαν τὸν ἄνδρ' ἄγειν   90
καὶ μὴ δόλοισιν· οὐ γὰρ ἐξ ἑνὸς ποδὸς
ἡμᾶς τοσούσδε πρὸς βίαν χειρώσεται.
πεμφθείς γε μέντοι σοὶ ξυνεργάτης ὀκνῶ
προδότης καλεῖσθαι· βούλομαι δ', ἄναξ, καλῶς
δρῶν ἐξαμαρτεῖν μᾶλλον ἢ νικᾶν κακῶς.   95

ΟΔΥΣΣΕΥΣ

ἐσθλοῦ πατρὸς παῖ, καὐτὸς ὢν νέος ποτὲ
γλῶσσαν μὲν ἀργόν, χεῖρα δ' εἶχον ἐργάτιν·
νῦν δ' εἰς ἔλεγχον ἐξιὼν ὁρῶ βροτοῖς
τὴν γλῶσσαν, οὐχὶ τἄργα, πάνθ' ἡγουμένην.

ΝΕΟΠΤΟΛΕΜΟΣ
τί οὖν μ' ἄνωγας ἄλλο πλὴν ψευδῆ λέγειν;   100

ΟΔΥΣΣΕΥΣ
λέγω σ' ἐγὼ δόλῳ Φιλοκτήτην λαβεῖν.

ΝΕΟΠΤΟΛΕΜΟΣ
τί δ' ἐν δόλῳ δεῖ μᾶλλον ἢ πείσαντ' ἄγειν;

ΟΔΥΣΣΕΥΣ
οὐ μὴ πίθηται· πρὸς βίαν δ' οὐκ ἂν λάβοις.

ΝΕΟΠΤΟΛΕΜΟΣ
οὕτως ἔχει τι δεινὸν ἰσχύος θράσος;

ΟΔΥΣΣΕΥΣ
ἰούς γ' ἀφύκτους καὶ προπέμποντας φόνον.   105

que até nisso pareço com Aquiles.
Trarei à força o herói, se for preciso, 90
mas casa mal comigo o subterfúgio.
Um pé pode ameaçar o grão-tropel?
Reafirmo o compromisso, temo a pecha
de traidor. Antes cair jogando
limpo, a tornar-me um porco vencedor! 95

ODISSEU
Quando era rapazote, eu também tinha
a mão ativa e a língua preguiçosa.
Mais calejado, vejo que é a língua,
e não a ação, o que se impõe aos homens.

NEOPTÓLEMO
Me ordenas algo mais do que mentir? 100

ODISSEU
Enreda Filoctetes numa trama!

NEOPTÓLEMO
Por que enganá-lo em vez de persuadi-lo?

ODISSEU
Não se persuade, e perdes dele em força.

NEOPTÓLEMO
Tem tanta força assim em que se fie?

ODISSEU
Seus dardos são certeiros e mortíferos. 105

ΝΕΟΠΤΟΛΕΜΟΣ
οὐκ ἆρ' ἐκείνῳ γ' οὐδὲ προσμῖξαι θρασύ;

ΟΔΥΣΣΕΥΣ
οὔ, μὴ δόλῳ λαβόντα γ', ὡς ἐγὼ λέγω.

ΝΕΟΠΤΟΛΕΜΟΣ
οὐκ αἰσχρὸν ἡγεῖ δῆτα τὸ ψευδῆ λέγειν;

ΟΔΥΣΣΕΥΣ
οὔκ, εἰ τὸ σωθῆναί γε τὸ ψεῦδος φέρει.

ΝΕΟΠΤΟΛΕΜΟΣ
πῶς οὖν βλέπων τις ταῦτα τολμήσει λακεῖν; 110

ΟΔΥΣΣΕΥΣ
ὅταν τι δρᾷς εἰς κέρδος, οὐκ ὀκνεῖν πρέπει.

ΝΕΟΠΤΟΛΕΜΟΣ
κέρδος δ' ἐμοὶ τί τοῦτον ἐς Τροίαν μολεῖν;

ΟΔΥΣΣΕΥΣ
αἱρεῖ τὰ τόξα ταῦτα τὴν Τροίαν μόνα.

ΝΕΟΠΤΟΛΕΜΟΣ
οὐκ ἆρ' ὁ πέρσων, ὡς ἐφάσκετ', εἴμ' ἐγώ;

NEOPTÓLEMO
Não posso dele me achegar sem risco?

ODISSEU
Só se o enganares tal e qual sugiro.

NEOPTÓLEMO
Não vês na farsa um golpe que rebaixa?

ODISSEU
Não, se dela resulta a salvação.

NEOPTÓLEMO
Mas com que cara falas disso às claras? 110

ODISSEU
Quando vislumbro o lucro, nunca hesito.

NEOPTÓLEMO
E como lucro se o levar a Troia?

ODISSEU
Seu arco destruirá a cidadela.

NEOPTÓLEMO
Não era trunfo meu sua conquista?[10]

---

[10] Neoptólemo recorda o argumento usado por Odisseu e Fênix para sua participação na guerra de Troia, segundo o qual a cidadela só cairia com seu auxílio.

ΟΔΥΣΣΕΥΣ
οὔτ' ἂν σὺ κείνων χωρὶς οὔτ' ἐκεῖνα σοῦ. 115

ΝΕΟΠΤΟΛΕΜΟΣ
θηρατέ' [ἂν] γίγνοιτ' ἄν, εἴπερ ὧδ' ἔχει.

ΟΔΥΣΣΕΥΣ
ὡς τοῦτό γ' ἔρξας δύο φέρῃ δωρήματα.

ΝΕΟΠΤΟΛΕΜΟΣ
ποίω; μαθὼν γὰρ οὐκ ἂν ἀρνοίμην τὸ δρᾶν.

ΟΔΥΣΣΕΥΣ
σοφός τ' ἂν αὐτὸς κἀγαθὸς κεκλῇ' ἅμα.

ΝΕΟΠΤΟΛΕΜΟΣ
ἴτω· ποήσω, πᾶσαν αἰσχύνην ἀφείς. 120

ΟΔΥΣΣΕΥΣ
ἦ μνημονεύεις οὖν ἅ σοι παρήνεσα;

ΝΕΟΠΤΟΛΕΜΟΣ
σάφ' ἴσθ', ἐπείπερ εἰσάπαξ συνήνεσα.

ΟΔΥΣΣΕΥΣ
σὺ μὲν μένων νυν κεῖνον ἐνθάδ' ἐκδέχου,
ἐγὼ δ' ἄπειμι, μὴ κατοπτευθῶ παρών,
καὶ τὸν σκοπὸν πρὸς ναῦν ἀποστελῶ πάλιν. 125
καὶ δεῦρ', ἐάν μοι τοῦ χρόνου δοκῆτέ τι

ODISSEU
Nem tu sem o arco, nem o arco sem ti.   115

NEOPTÓLEMO
Se o caso é esse, urge persegui-lo.

ODISSEU
Um prêmio duplo assim hás de auferir.

NEOPTÓLEMO
Aceitarei agir, se o conhecer.

ODISSEU
"É um sabedor brioso!" — assim te aclamam.

NEOPTÓLEMO
Seja o que deus quiser! Sepulto o escrúpulo!   120

ODISSEU
Guardaste bem o que eu recomendei?

NEOPTÓLEMO
Nada receies, pois já concordei.[11]

ODISSEU
Não te movas daqui para acolhê-lo,
enquanto evito o encontro me ausentando.
Este vigia torna à embarcação.   125
Se tardares demais, é ele quem

---

[11] A rima com o verso anterior, presente no original, acentua a concordância de Neoptólemo.

27

κατασχολάζειν, αὖθις ἐκπέμψω πάλιν
τοῦτον τὸν αὐτὸν ἄνδρα, ναυκλήρου τρόποις
μορφὴν δολώσας, ὡς ἂν ἀγνοία προσῇ·
οὗ δῆτα, τέκνον, ποικίλως αὐδωμένου   130
δέχου τὰ συμφέροντα τῶν ἀεὶ λόγων.
ἐγὼ δὲ πρὸς ναῦν εἶμι, σοὶ παρεὶς τάδε·
Ἑρμῆς δ' ὁ πέμπων δόλιος ἡγήσαιτο νῶν
Νίκη τ' Ἀθάνα Πολιάς, ἣ σῴζει μ' ἀεί.

ΧΟΡΟΣ
τί χρὴ τί χρή με, δέσποτ', ἐν ξένᾳ ξένον   Estr. 1   135
στέγειν, ἢ τί λέγειν πρὸς ἄνδρ' ὑπόπταν;
φράζε μοι. τέχνα γὰρ
τέχνας ἑτέρας προύχει
καὶ γνώμα παρ' ὅτῳ τὸ θεῖον
Διὸς σκῆπτρον ἀνάσσεται.   140
σὲ δ', ὦ τέκνον, τόδ' ἐλήλυθεν
πᾶν κράτος ὠγύγιον· τό μοι ἔννεπε
τί σοι χρεὼν ὑπουργεῖν.

virá em vestes de mercante a fim
de aproximar-se livre de suspeitas.
Do que esse marinheiro esperto diga,
filtra adequadamente o que for útil.　　　　　　　　　130
Deposito o futuro em tuas mãos,
volto ao navio, não sem clamar a Hermes —
orienta-nos, Doloso! — e a Atena Nike,
guardiã da pólis, sempissalvadora!

> *[Odisseu sai; surge na orquestra o coro,*
> *composto de marinheiros de Neoptólemo]*

CORO[12]

Estranho no estrangeiro,　　　　　　　　　　　　Estr. 1　135
o que oculto ou comunico
ao homem de olhar oblíquo?
Dize-me, senhor!
Arte supera arte,
idem o pensamento,
quando o cetro de Zeus, cetro imperecível,　　　　140
move-se na direção do favorecido.
Eis o poderio de eras priscas,
hoje em tuas mãos.
Norteia-me, que não renego teu auxílio!

---

[12] É comum o líder do coro (corifeu), falando em nome do grupo, utilizar a primeira pessoa do singular. Tão logo Odisseu sai de cena, o coro entra na orquestra (espaço localizado entre a plateia e o palco, com formato semicircular). O coro da peça é composto por marinheiros de Neoptólemo. Karl Reinhardt, em *Sophokles* (1933) (edição brasileira: tradução de Oliver Tolle, Brasília, UnB, 2007, pp. 187-216), observa que o coro tem dupla função neste drama: apoiar a estratégia de Neoptólemo e ecoar, em seus cantos, o sofrimento de Filoctetes. Nesta passagem, o coro canta e Neoptólemo responde. O plano armado por Odisseu é conhecido pelo coro, que deseja saber o que deve dizer e ocultar de Filoctetes.

ΝΕΟΠΤΟΛΕΜΟΣ

νῦν μέν, ἴσως γὰρ τόπον ἐσχατιαῖς
προσιδεῖν ἐθέλεις ὅντινα κεῖται, 145
δέρκου θαρσῶν· ὁπόταν δὲ μόλῃ
δεινὸς ὁδίτης τῶνδ' ἐκ μελάθρων,
πρὸς ἐμὴν αἰεὶ χεῖρα προχωρῶν
πειρῶ τὸ παρὸν θεραπεύειν.

ΧΟΡΟΣ

μέλον πάλαι μέλημά μοι λέγεις, ἄναξ, Ant. 1 150
φρουρεῖν ὄμμ' ἐπὶ σῷ μάλιστα καιρῷ·
νῦν δέ μοι λέγ', αὐλὰς
ποίας ἔνεδρος ναίει
καὶ χῶρον τίν' ἔχει. τὸ γάρ μοι
μαθεῖν οὐκ ἀποκαίριον, 155
μὴ προσπεσών με λάθῃ ποθέν·
τίς τόπος ἢ τίς ἕδρα; τίν' ἔχει στίβον,
ἔναυλον ἢ θυραῖον;

ΝΕΟΠΤΟΛΕΜΟΣ

οἶκον μὲν ὁρᾷς τόνδ' ἀμφίθυρον
πετρίνης κοίτης. 160

ΧΟΡΟΣ

ποῦ γὰρ ὁ τλήμων αὐτὸς ἄπεστιν;

ΝΕΟΠΤΟΛΕΜΟΣ

δῆλον ἔμοιγ' ὡς φορβῆς χρείᾳ
στίβον ὀγμεύει τῇδε πέλας που.
ταύτην γὰρ ἔχειν βιοτῆς αὐτὸν
λόγος ἐστὶ φύσιν, θηροβολοῦντα 165
πτηνοῖς ἰοῖς στυγερὸν στυγερῶς,

30

NEOPTÓLEMO

Se almejas vislumbrar o lugar longínquo
onde habita, fica à vontade,   145
mas abandona a gruta,
ao avanço da hórrida passada.
Observa os sinais de minha mão,
em caso de socorro.

CORO

Não é de agora que me incumbo, senhor,   Ant. 1   150
da atenção que reivindicas.
Meus olhos perlustram o teu *kairós* — o oportuno!
Indica-me seu habitáculo, onde se encontra,
para furtarmo-nos ao ataque repentino.   155
Onde mora? Qual o quadrante?
Qual seu roteiro cotidiano?
Está no interior ou porta afora?

NEOPTÓLEMO

Avistas a moradia ambientrável,
com seu leito pétreo.   160

CORO

Aonde o miserável terá ido?

NEOPTÓLEMO

Tenho para mim que, ávido de repasto,
coxeia nos arrabaldes.
Essa a vida mísera do mísero,   165
segundo ouvi dizer:

οὐδέ τιν᾽ αὐτῷ
παιῶνα κακῶν ἐπινωμᾶν.

ΧΟΡΟΣ

οἰκτίρω νιν ἔγωγ᾽, ὅπως,   Estr. 2
μή του κηδομένου βροτῶν   170
μηδὲ ξύντροφον ὄμμ᾽ ἔχων,
δύστανος, μόνος αἰεί,
νοσεῖ μὲν νόσον ἀγρίαν,
ἀλύει δ᾽ ἐπὶ παντί τῳ
χρείας ἱσταμένῳ. πῶς ποτε πῶς δύσμορος ἀντέχει;   175
ὦ παλάμαι θεῶν,
ὦ δύστανα γένη βροτῶν,
οἷς μὴ μέτριος αἰών.
οὗτος πρωτογόνων ἴσως   Ant. 2   180
οἴκων οὐδενὸς ὕστερος,
πάντων ἄμμορος ἐν βίῳ
κεῖται μοῦνος ἀπ᾽ ἄλλων,
στικτῶν ἢ λασίων μετὰ
θηρῶν, ἔν τ᾽ ὀδύναις ὁμοῦ   185
λιμῷ τ᾽ οἰκτρός, ἀνήκεστ᾽ ἀμερίμνητά τ᾽ ἔχων βάρη·
ἃ δ᾽ ἀθυρόστομος
Ἀχὼ τηλεφανὴς πικραῖς
οἰμωγαῖς ὑπακούει.   190

as alas de suas flechas ferem feras,
ninguém se lhe aproxima com unguento reparador.

CORO

Sou solidário: como,   Estr. 2
sem alguém que o assista,   170
sem um sócio que o esguarde,
infeliz, sozinho sempre,
padece de moléstia que não cede,
desnorteado às imposições da vida?
Pergunto-me como o sem-moira não esmorece.[13]   175
Ó golpes dos venturosos!
Ó ser humano, triste estirpe,
que desborda em seu percurso!
Será possível apontar um único   Ant. 2   180
que o supere
no âmbito das famílias mais tradicionais?
Sucumbe só, ninguém nas cercanias,
feras de pelame ereto, mosqueadas,   185
o ciceroneiam.
Esfaimado e combalido,
desperta piedade,
acabrunhado por aflições
sem cura e sem cuidado.
Seus reclamos de amargura ecoam
na ênfase do longitrom.   190

---

[13] O termo "moira" designou inicialmente o lote de terra que caberia a cada um cultivar; a partir desse sentido, significa a vida que é dada a cada um viver, destino.

ΝΕΟΠΤΟΛΕΜΟΣ

οὐδὲν τούτων θαυμαστὸν ἐμοί·
θεῖα γάρ, εἴπερ κἀγώ τι φρονῶ,
καὶ τὰ παθήματα κεῖνα πρὸς αὐτὸν
τῆς ὠμόφρονος Χρύσης ἐπέβη,
καὶ νῦν ἃ πονεῖ δίχα κηδεμόνων,   195
οὐκ ἔσθ᾽ ὡς οὐ θεῶν του μελέτῃ
τοῦ μὴ πρότερον τόνδ᾽ ἐπὶ Τροίᾳ
τεῖναι τὰ θεῶν ἀμάχητα βέλη,
πρὶν ὅδ᾽ ἐξήκοι χρόνος, ᾧ λέγεται
χρῆναί σφ᾽ ὑπὸ τῶνδε δαμῆναι.   200

ΧΟΡΟΣ

εὔστομ᾽ ἔχε, παῖ.

ΝΕΟΠΤΟΛΕΜΟΣ

    τί τόδε;

ΧΟΡΟΣ

      προυφάνη κτύπος,   Estr. 3
φωτὸς σύντροφος ὡς τειρομένου [του],
ἤ που τῇδ᾽ ἢ τῇδε τόπων.
βάλλει βάλλει μ᾽ ἐτύμα   205
φθογγά του στίβον κατ᾽ ἀνάγκαν
ἕρποντος, οὐδέ με λάθει
βαρεῖα τηλόθεν αὐδὰ

NEOPTÓLEMO
Nada disso é embasbacante:
deuses ditam o destino.
Salvo erro de interpretação,
Crisa,[14] a cruel, impôs-lhe o sofrimento, 195
e o que o abate, sem amparo,
só pode ser por determinação divina,
a fim de que retivesse, até o momento fixado,
dardos divinos contra Ílion.
A nada mais — afirmam — sucumbe Troia. 200

CORO
Nem mais um pio, menino!

NEOPTÓLEMO
   Ocorre algo?

CORO
      Irrompe um rumor,   Estr. 3
típico do alquebrado:
vem das lonjuras ou daqui?
Sim! Chega a mim — sim! — a voz de quem 205
coxeia, submisso ao impositivo;
capto o agravo longínquo
de um ser tripudiado:
os gritos que emite são por demais

---

[14] Ilha situada nas proximidades de Lemnos, onde Filoctetes foi picado pela serpente, Crisa é também um epíteto de Atena, que possuía um templo nessa localidade. Surpreende na fala de Neoptólemo o fato de ele atribuir a desgraça de Filoctetes à decisão divina, o que não é mencionado em nenhuma outra passagem do drama.

τρυσάνωρ· διάσημα γὰρ θροεῖ.
ἀλλ' ἔχε, τέκνον — 210

ΝΕΟΠΤΟΛΕΜΟΣ
        λέγ' ὅ τι.

ΧΟΡΟΣ
                φροντίδας νέας·   Ant. 3
ὡς οὐκ ἔξεδρος, ἀλλ' ἔντοπος ἀνήρ,
οὐ μολπὰν σύριγγος ἔχων,
ὡς ποιμὴν ἀγροβότας,
ἀλλ' ἤ που πταίων ὑπ' ἀνάγκας 215
βοᾷ τηλωπὸν ἰωάν,
ἢ ναὸς ἄξενον αὐγάζων
ὅρμον· προβοᾷ τι δεινόν.

ΦΙΛΟΚΤΗΤΗΣ
ἰὼ ξένοι,
τίνες ποτ' ἐς γῆν τήνδε ναυτίλῳ πλάτῃ 220
κατέσχετ' οὔτ' εὔορμον οὔτ' οἰκουμένην;
ποίας πάτρας ὑμᾶς ἂν ἢ γένους ποτὲ
τύχοιμ' ἂν εἰπών; σχῆμα μὲν γὰρ Ἑλλάδος
στολῆς ὑπάρχει προσφιλεστάτης ἐμοί·
φωνῆς δ' ἀκοῦσαι βούλομαι· καὶ μή μ' ὄκνῳ 225
δείσαντες ἐκπλαγῆτ' ἀπηγριωμένον,
ἀλλ' οἰκτίσαντες ἄνδρα δύστηνον, μόνον,
ἔρημον ὧδε κἄφιλον κακούμενον,
φωνήσατ', εἴπερ ὡς φίλοι προσήκετε.
ἀλλ' ἀνταμείψασθ'· οὐ γὰρ εἰκὸς οὔτ' ἐμὲ 230
ὑμῶν ἁμαρτεῖν τοῦτό γ' οὔθ' ὑμᾶς ἐμοῦ.

n-í-t-i-d-o-s!
Fica atento, garoto! 210

NEOPTÓLEMO
   A quê?

CORO
       Assomo de inquietude! Ant. 3
O homem está no logradouro pétreo
e não sopra o flautim do campesino!
Ou será que se arrasta alhures,
sob a cilha de *ananke* — necessidade! —, 215
num timbre audível nas lonjuras?
Seus olhos fuzilam o ancoradouro
vazio de nau, avesso ao homem?
Os gritos contínuos terribilizam!

   [*Filoctetes entra em cena*]

FILOCTETES
Forasteiros,
quem se encoraja a manobrar os remos 220
rumo à terra sem porto e sem morada?
Ignoro estirpe e pátria de onde vindes.
Quem sois? O estilo do vestuário evoca
em mim a Hélade adorável! Quero
ouvir como falais. Perplexidade 225
ou medo não pretendo despertar
com meu aspecto rude. Só, tristíssimo,
um deserdado, um traste sem amigos,
mereço piedade. Sois de paz?
Seria um erro sonegar-me isso, 230
como eu, calar quem sou, um grave equívoco.

ΝΕΟΠΤΟΛΕΜΟΣ

ἀλλ᾽, ὦ ξέν᾽, ἴσθι τοῦτο πρῶτον, οὕνεκα
Ἕλληνές ἐσμεν· τοῦτο γὰρ βούλει μαθεῖν.

ΦΙΛΟΚΤΗΤΗΣ

ὦ φίλτατον φώνημα· φεῦ τὸ καὶ λαβεῖν
πρόσφθεγμα τοιοῦδ᾽ ἀνδρὸς ἐν χρόνῳ μακρῷ.   235
τίς σ᾽, ὦ τέκνον, προσέσχε, τίς προσήγαγεν
χρεία; τίς ὁρμή; τίς ἀνέμων ὁ φίλτατος;
γέγωνέ μοι πᾶν τοῦθ᾽, ὅπως εἰδῶ τίς εἶ.

ΝΕΟΠΤΟΛΕΜΟΣ

ἐγὼ γένος μέν εἰμι τῆς περιρρύτου
Σκύρου· πλέω δ᾽ ἐς οἶκον· αὐδῶμαι δὲ παῖς   240
Ἀχιλλέως, Νεοπτόλεμος. οἶσθ᾽ ἤδη τὸ πᾶν.

ΦΙΛΟΚΤΗΤΗΣ

ὦ φιλτάτου παῖ πατρός, ὦ φίλης χθονός,
ὦ τοῦ γέροντος θρέμμα Λυκομήδους, τίνι
στόλῳ προσέσχες τήνδε γῆν, πόθεν πλέων;

ΝΕΟΠΤΟΛΕΜΟΣ

ἐξ Ἰλίου τοι δὴ τανῦν γε ναυστολῶ.   245

ΦΙΛΟΚΤΗΤΗΣ

πῶς εἶπας; οὐ γὰρ δὴ σύ γ᾽ ἦσθα ναυβάτης
ἡμῖν κατ᾽ ἀρχὴν τοῦ πρὸς Ἴλιον στόλου.

ΝΕΟΠΤΟΛΕΜΟΣ

ἦ γὰρ μετέσχες καὶ σὺ τοῦδε τοῦ πόνου;

NEOPTÓLEMO

Começo pelo início: somos gregos,
se é isso o que desejas conhecer.

FILOCTETES

Que som sutil! Depois de tanto tempo,
ouvir desse rapaz a doce música! 235
Que negócio te move, qual o intuito
da brisa ao te impelir, brisa propícia?
Não queiras me encobrir tua identidade!

NEOPTÓLEMO

Nasci em Ciro, circum-oceânica,
e torno ao lar. Neoptólemo é como 240
meu pai Aquiles me denominou.

FILOCTETES

Ó Ciro receptiva, magno Aquiles,
ó ancestre Licomedes nobilíssimo![15]
Como chegaste aqui, vieste de onde?

NEOPTÓLEMO

O meu navio singrou o mar de Ílion. 245

FILOCTETES

Não entendo! Conosco não zarpaste
na primeira incursão à Troia sacra.

NEOPTÓLEMO

Te envolveste também naquela empresa?

---

[15] Licomedes, avô materno de Neoptólemo, pai de Deidamia.

ΦΙΛΟΚΤΗΤΗΣ
ὦ τέκνον, οὐ γὰρ οἶσθά μ' ὄντιν' εἰσορᾷς;

ΝΕΟΠΤΟΛΕΜΟΣ
πῶς γὰρ κάτοιδ' ὅν γ' εἶδον οὐδεπώποτε; 250

ΦΙΛΟΚΤΗΤΗΣ
οὐδ' ὄνομ' [ἄρ'] οὐδὲ τῶν ἐμῶν κακῶν κλέος
ᾔσθου ποτ' οὐδέν, οἷς ἐγὼ διωλλύμην;

ΝΕΟΠΤΟΛΕΜΟΣ
ὡς μηδὲν εἰδότ' ἴσθι μ' ὧν ἀνιστορεῖς.

ΦΙΛΟΚΤΗΤΗΣ
ὦ πόλλ' ἐγὼ μοχθηρός, ὦ πικρὸς θεοῖς,
οὗ μηδὲ κληδὼν ὧδ' ἔχοντος οἴκαδε 255
μηδ' Ἑλλάδος γῆς μηδαμοῦ διῆλθέ που.
ἀλλ' οἱ μὲν ἐκβαλόντες ἀνοσίως ἐμὲ
γελῶσι σῖγ' ἔχοντες, ἡ δ' ἐμὴ νόσος
ἀεὶ τέθηλε κἀπὶ μεῖζον ἔρχεται.
ὦ τέκνον, ὦ παῖ πατρὸς ἐξ Ἀχιλλέως, 260
ὅδ' εἴμ' ἐγώ σοι κεῖνος, ὃν κλύεις ἴσως
τῶν Ἡρακλείων ὄντα δεσπότην ὅπλων,
ὁ τοῦ Ποίαντος παῖς Φιλοκτήτης, ὃν οἱ
δισσοὶ στρατηγοὶ χὠ Κεφαλλήνων ἄναξ
ἔρριψαν αἰσχρῶς ὧδ' ἔρημον, ἀγρίᾳ 265

FILOCTETES
Ignoras, filho, quem teus olhos miram?

NEOPTÓLEMO
Como reconhecer quem nunca vi? 250

FILOCTETES
Meu nome, a fama do meu desalento,
nada sabes da ruína que me oprime?

NEOPTÓLEMO
Estejas certo de que nada sei!

FILOCTETES
Ó infeliz de mim! Cruéis deidades!
Passo o que passo e sobre mim notícia 255
alguma chega em casa, ao mundo grego?
Os cafajestes que me rejeitaram
riem da boca para dentro, e a úlcera
viceja mais e mais do pé! Menino,
filho de Aquiles, creio que conheces 260
de ouvir dizer o dono do armamento
de Héracles, filho de Poianto. Aquele
é este com quem falas: Filoctetes![16]
Dois líderes e o rei dos cefalênios,[17]
me arrojaram aqui, sozinho — torpes! —, 265

---

[16] Como ocorre com frequência na literatura grega, Filoctetes é um nome "falante", que sugere o seguinte sentido: "aquele que estima o que possui", isto é, o arco.

[17] Referência aos irmãos Agamêmnon e Menelau e a Odisseu (rei do conjunto de ilhas denominadas cefalênias, entre as quais estava Ítaca).

νόσῳ καταφθίνοντα, τῆς ἀνδροφθόρου
πληγέντ' ἐχίδνης ἀγρίῳ χαράγματι·
ξὺν ᾗ μ' ἐκεῖνοι, παῖ, προθέντες ἐνθάδε
ᾤχοντ' ἔρημον, ἡνίκ' ἐκ τῆς ποντίας
Χρύσης κατέσχον δεῦρο ναυβάτῃ στόλῳ. 270
τότ' ἄσμενοί μ' ὡς εἶδον ἐκ πολλοῦ σάλου
εὕδοντ' ἐπ' ἀκτῆς ἐν κατηρεφεῖ πέτρᾳ,
λιπόντες ᾤχονθ', οἷα φωτὶ δυσμόρῳ
ῥάκη προθέντες βαιὰ καί τι καὶ βορᾶς
ἐπωφέλημα σμικρόν, οἷ' αὐτοῖς τύχοι. 275
σὺ δή, τέκνον, ποίαν μ' ἀνάστασιν δοκεῖς
αὐτῶν βεβώτων ἐξ ὕπνου στῆναι τότε;
ποῖ' ἐκδακρῦσαι, ποῖ' ἀποιμῶξαι κακά;
ὁρῶντα μὲν ναῦς, ἃς ἔχων ἐναυστόλουν,
πάσας βεβώσας, ἄνδρα δ' οὐδέν' ἔντοπον, 280
οὐχ ὅστις ἀρκέσειεν οὐδ' ὅστις νόσου
κάμνοντι συλλάβοιτο· πάντα δὲ σκοπῶν
ηὕρισκον οὐδὲν πλὴν ἀνιᾶσθαι παρόν,
τούτου δὲ πολλὴν εὐμάρειαν, ὦ τέκνον.
ὁ μὲν χρόνος δὴ διὰ χρόνου προὔβαινέ μοι, 285
κᾆδει τι βαιᾷ τῇδ' ὑπὸ στέγῃ μόνον
διακονεῖσθαι. γαστρὶ μὲν τὰ σύμφορα
τόξον τόδ' ἐξηύρισκε, τὰς ὑποπτέρους
βάλλον πελείας· πρὸς δὲ τοῦθ', ὅ μοι βάλοι
νευροσπαδὴς ἄτρακτος, αὐτὸς ἂν τάλας 290
εἰλυόμην, δύστηνον ἐξέλκων πόδα,
πρὸς τοῦτ' ἄν· εἴ τ' ἔδει τι καὶ ποτὸν λαβεῖν,
καί που πάγου χυθέντος, οἷα χείματι,
ξύλον τι θραῦσαι, ταῦτ' ἂν ἐξέρπων τάλας
ἐμηχανώμην· εἶτα πῦρ ἂν οὐ παρῆν, 295
ἀλλ' ἐν πέτροισι πέτρον ἐκτρίβων μόλις
ἔφην' ἄφαντον φῶς, ὃ καὶ σῴζει μ' ἀεί.

corroendo-me a ferida aguda, vítima
do fel da serpe matadora-de-homens.
E eles partiram, me deixando a sós
com a necrose, após alçarem âncora
de Crisa, a insular, e aqui fundearem. 270
Alegres quando o sono da intempérie
terrível dominou-me na alticúrvea
gruta, singram o mar, uns trapos, restos
de repasto deixando, como a um homem
pobre. Que a sina lhes reserve o mesmo! 275
Consegues figurar como acordei
do sonho, a esquadra ausente, as maldições,
quanto chorei ao ver que as naus da frota
antes fiéis me haviam esquecido,
sem uma alma viva a quem pudesse 280
recorrer, quando a crise mais aguda
me derrubasse? Quanto meu olhar
escrutinasse, apenas dor, sortidas
dores, menino, se descortinavam.
Cronos, o tempo, assim me atropelava, 285
só contava comigo nesta grota
pobre. Aos reclamos de meu ventre, o arco
mirava na paloma peregrina,
e o alvo que da corda a flecha achasse
cabia a mim, coxeando deste pé 290
inútil, resgatar. Garganta seca
ou trêmulo por golpe da nevasca
invernal, precisado de gravetos,
o infeliz com quem falas dava um jeito,
serpeando pelo chão. Não haveria 295
fogo não fora uma fagulha oculta
que do atrito das pedras me surgia,

οἰκουμένη γὰρ οὖν στέγη πυρὸς μέτα
πάντ' ἐκπορίζει πλὴν τὸ μὴ νοσεῖν ἐμέ.
φέρ', ὦ τέκνον, νῦν καὶ τὸ τῆς νήσου μάθῃς. 300
ταύτῃ πελάζει ναυβάτης οὐδεὶς ἑκών·
οὐ γάρ τις ὅρμος ἔστιν οὐδ' ὅποι πλέων
ἐξεμπολήσει κέρδος ἢ ξενώσεται.
οὐκ ἐνθάδ' οἱ πλοῖ τοῖσι σώφροσιν βροτῶν.
τάχ' οὖν τις ἄκων ἔσχε· πολλὰ γὰρ τάδε 305
ἐν τῷ μακρῷ γένοιτ' ἂν ἀνθρώπων χρόνῳ·
οὗτοί μ', ὅταν μόλωσιν, ὦ τέκνον, λόγοις
ἐλεοῦσι μέν, καί πού τι καὶ βορᾶς μέρος
προσέδοσαν οἰκτίραντες, ἤ τινα στολήν·
ἐκεῖνο δ' οὐδείς, ἡνίκ' ἂν μνησθῶ, θέλει, 310
σῶσαί μ' ἐς οἴκους, ἀλλ' ἀπόλλυμαι τάλας
ἔτος τόδ' ἤδη δέκατον ἐν λιμῷ τε καὶ
κακοῖσι βόσκων τὴν ἀδηφάγον νόσον.
τοιαῦτ' Ἀτρεῖδαί μ' ἥ τ' Ὀδυσσέως βία,
ὦ παῖ, δεδράκασ', οἷς Ὀλύμπιοι θεοὶ 315
δοῖέν ποτ' αὐτοῖς ἀντίποιν' ἐμοῦ παθεῖν.

ΧΟΡΟΣ
ἔοικα κἀγὼ τοῖς ἀφιγμένοις ἴσα
ξένοις ἐποικτίρειν σε, Ποίαντος τέκνον.

ΝΕΟΠΤΟΛΕΜΟΣ
ἐγὼ δὲ καὐτὸς τοῖσδε μάρτυς ἐν λόγοις,
ὡς εἴσ' ἀληθεῖς οἶδα, συντυχὼν κακῶν 320
ἀνδρῶν Ἀτρειδῶν τῆς τ' Ὀδυσσέως βίας.

salvando a vida. Exceto a cura, tudo
mana do fogaréu neste habitáculo.
Deves saber, menino, algo da ínsula. 300
Nenhum marujo se aproxima rindo,
na ausência de um ancoradouro, ponto
de comércio, morada acolhedora.
Nenhum arguto singra o mar aqui,
aonde se chega apenas por engano, 305
fato comum na longa vida humana.
Choram comigo, filho, reconfortam-me,
não denegam comida, me oferecem
um par de roupa, mas ninguém aceita,
diante da mais sutil insinuação, 310
levar-me para casa. Após dez anos,
as agruras e a fome me consomem
e eu alimento a úlcera esfaimada.
Eis meu legado a atreus e a Odisseu[18]
truculento! Que olímpios cobrem caro 315
o que padeço da ralé nojenta!

CORO
Como o estrangeiro que passou por Lemnos,
lamento o que te aflige, Filoctetes.

NEOPTÓLEMO
Sou testemunha de que falas só
verdade, pois sofri nas mãos dos pústulas 320
atridas e do ríspido Odisseu.

---

[18] Com atreus ou atridas, Sófocles alude a Agamêmnon e Menelau.

ΦΙΛΟΚΤΗΤΗΣ

ἦ γάρ τι καὶ σὺ τοῖς πανωλέθροις ἔχεις
ἔγκλημ' Ἀτρείδαις, ὥστε θυμοῦσθαι παθών;

ΝΕΟΠΤΟΛΕΜΟΣ

θυμὸν γένοιτο χειρὶ πληρῶσαί ποτε,
ἵν' αἱ Μυκῆναι γνοῖεν ἡ Σπάρτη θ' ὅτι   325
χἠ Σκῦρος ἀνδρῶν ἀλκίμων μήτηρ ἔφυ.

ΦΙΛΟΚΤΗΤΗΣ

εὖ γ', ὦ τέκνον· τίνος γὰρ ὧδε τὸν μέγαν
χόλον κατ' αὐτῶν ἐγκαλῶν ἐλήλυθας;

ΝΕΟΠΤΟΛΕΜΟΣ

ὦ παῖ Ποίαντος, ἐξερῶ, μόλις δ' ἐρῶ,
ἅγωγ' ὑπ' αὐτῶν ἐξελωβήθην μολών.   330
ἐπεὶ γὰρ ἔσχε μοῖρ' Ἀχιλλέα θανεῖν —

ΦΙΛΟΚΤΗΤΗΣ

οἴμοι· φράσῃς μοι μὴ πέρα, πρὶν ἂν μάθω
πρῶτον τόδ', ἦ τέθνηχ' ὁ Πηλέως γόνος;

ΝΕΟΠΤΟΛΕΜΟΣ

τέθνηκεν, ἀνδρὸς οὐδενός, θεοῦ δ' ὕπο,
τοξευτός, ὡς λέγουσιν, ἐκ Φοίβου δαμείς.   335

ΦΙΛΟΚΤΗΤΗΣ

ἀλλ' εὐγενὴς μὲν ὁ κτανών τε χὠ θανών·

FILOCTETES
Vais me dizer que te ressentes de algo
que os atridas malditos cometeram?

NEOPTÓLEMO
Só espero com as mãos lavar a alma,
demonstrar a micênios e espartanos   325
que Ciro deu à luz heróis de escol.

FILOCTETES
Aplaudo! Assim é que se fala! Mas
por que motivo a trupe vil te irrita?

NEOPTÓLEMO
Direi, isto é, direi se conseguir
o quanto me humilharam na viagem,   330
quando a moira fatal dobrou Aquiles...

FILOCTETES
Que dor! Será que ouvi direito? Aquiles
morreu? Antes de prosseguir, confirma!

NEOPTÓLEMO
Foi vítima das flechas apolíneas,
segundo dizem, não de mãos humanas.[19]   335

FILOCTETES
Algoz e morto, dupla nobre! Não

---

[19] Em Homero, há uma única passagem em que a morte de Aquiles é atribuída a Páris e Apolo (*Ilíada*, XXII, 358-60).

ἀμηχανῶ δὲ πότερον, ὦ τέκνον, τὸ σὸν
πάθημ' ἐλέγχω πρῶτον, ἢ κεῖνον στένω.

ΝΕΟΠΤΟΛΕΜΟΣ
οἶμαι μὲν ἀρκεῖν σοί γε καὶ τὰ σ', ὦ τάλας,
ἀλγήμαθ', ὥστε μὴ τὰ τῶν πέλας στένειν.   340

ΦΙΛΟΚΤΗΤΗΣ
ὀρθῶς ἔλεξας· τοιγαροῦν τὸ σὸν φράσον
αὖθις πάλιν μοι πρᾶγμ', ὅτῳ σ' ἐνύβρισαν.

ΝΕΟΠΤΟΛΕΜΟΣ
ἦλθόν με νηὶ ποικιλοστόλῳ μέτα
δῖός τ' Ὀδυσσεὺς χὠ τροφεὺς τοὐμοῦ πατρός,
λέγοντες, εἴτ' ἀληθὲς εἴτ' ἄρ' οὖν μάτην,   345
ὡς οὐ θέμις γίγνοιτ', ἐπεὶ κατέφθιτο
πατὴρ ἐμός, τὰ πέργαμ' ἄλλον ἢ 'μ' ἑλεῖν.
ταῦτ', ὦ ξέν', οὕτως ἐννέποντες οὐ πολὺν
χρόνον μ' ἐπέσχον μή με ναυστολεῖν ταχύ,
μάλιστα μὲν δὴ τοῦ θανόντος ἱμέρῳ,   350
ὅπως ἴδοιμ' ἄθαπτον· οὐ γὰρ εἰδόμην·
ἔπειτα μέντοι χὠ λόγος καλὸς προσῆν,
εἰ τἀπὶ Τροίᾳ πέργαμ' αἱρήσοιμ' ἰών.
ἦν δ' ἦμαρ ἤδη δεύτερον πλέοντί μοι,
κἀγὼ πικρὸν Σίγειον οὐρίῳ πλάτῃ   355
κατηγόμην· καί μ' εὐθὺς ἐν κύκλῳ στρατὸς
ἐκβάντα πᾶς ἠσπάζετ', ὀμνύντες βλέπειν
τὸν οὐκέτ' ὄντα ζῶντ' Ἀχιλλέα πάλιν.

sei se começo perguntando sobre
como te sentes ou choro por ele.

NEOPTÓLEMO
Padeces suficientemente para
lamentares o sofrimento alheio. 340

FILOCTETES
Aceito esse argumento. O que fizeram
contra ti, como há pouco ias dizendo?

NEOPTÓLEMO
O divino Odisseu com o tutor[20]
de meu pai me buscaram num batel
de proa furtacor. Diziam, verdade 345
ou não, que era incorreto, morto Aquiles,
alguém, em meu lugar, bater os troicos.
Não foi preciso tempo adicional
a essa conversa para eu navegar:
ansiava ver o corpo antes do enterro, 350
pois nunca o vislumbrara. Havia ainda
o bom motivo de que a mim cabia
a conquista da cidadela troica.
Favorecido por favônio vento,
aportei no Sigeu após dois dias.[21] 355
Desci e logo a tropa me abraçou
num círculo. Juravam avistar,
redivivo, quem falecera: Aquiles!

---

[20] Fênix é o nome do tutor de Aquiles na *Ilíada*.

[21] Sigeu é a denominação de um promontório ao norte de Troia, onde Aquiles teria sido enterrado.

κεῖνος μὲν οὖν ἔκειτ'· ἐγὼ δ' ὁ δύσμορος,
ἐπεὶ 'δάκρυσα κεῖνον, οὐ μακρῷ χρόνῳ   360
ἐλθὼν Ἀτρείδας προσφιλῶς, ὡς εἰκὸς ἦν,
τά θ' ὅπλ' ἀπῄτουν τοῦ πατρὸς τά τ' ἄλλ' ὅσ' ἦν.
οἱ δ' εἶπον, οἴμοι, τλημονέστατον λόγον·
"ὦ σπέρμ' Ἀχιλλέως, τἄλλα μὲν πάρεστί σοι
πατρῷ' ἑλέσθαι, τῶν δ' ὅπλων κείνων ἀνὴρ   365
ἄλλος κρατύνει νῦν, ὁ Λαέρτου γόνος."
κἀγὼ δακρύσας εὐθὺς ἐξανίσταμαι
ὀργῇ βαρείᾳ, καὶ καταλγήσας λέγω·
"ὦ σχέτλι', ἦ 'τολμήσατ' ἀντ' ἐμοῦ τινι
δοῦναι τὰ τεύχη τἀμά, πρὶν μαθεῖν ἐμοῦ;"   370
ὁ δ' εἶπ' Ὀδυσσεύς, πλησίον γὰρ ὢν κυρεῖ,
"ναί, παῖ, δεδώκασ' ἐνδίκως οὗτοι τάδε·
ἐγὼ γὰρ αὔτ' ἔσωσα κἀκεῖνον παρών."
κἀγὼ χολωθεὶς εὐθὺς ἤρασσον κακοῖς
τοῖς πᾶσιν, οὐδὲν ἐνδεὲς ποιούμενος,   375
εἰ τἀμὰ κεῖνος ὅπλ' ἀφαιρήσοιτό με.
ὁ δ' ἐνθάδ' ἥκων, καίπερ οὐ δύσοργος ὤν,
δηχθεὶς πρὸς ἀξήκουσεν ὧδ' ἡμείψατο·
"οὐκ ἦσθ' ἵν' ἡμεῖς, ἀλλ' ἀπῇσθ' ἵν' οὔ σ' ἔδει·
καὶ ταῦτ', ἐπειδὴ καὶ λέγεις θρασυστομῶν,   380
οὐ μή ποτ' ἐς τὴν Σκῦρον ἐκπλεύσῃς ἔχων."
τοιαῦτ' ἀκούσας κἀξονειδισθεὶς κακὰ
πλέω πρὸς οἴκους, τῶν ἐμῶν τητώμενος
πρὸς τοῦ κακίστου κἀκ κακῶν Ὀδυσσέως.
κοὐκ αἰτιῶμαι κεῖνον ὡς τοὺς ἐν τέλει·   385
πόλις γάρ ἐστι πᾶσα τῶν ἡγουμένων

Prostrei-me aos prantos sobre o corpo exânime
e sem delongas procurei os líderes, 360
amigos presumidos, lhes rogando
as armas que meu pai portara. Ouvi
esta resposta cínica: "Aquileu,
exceto as armas com que o herói lutava,
de hoje em diante nas mãos do Laertíade,[22] 365
terás direito ao que lhe pertencia."
Colérico, aprumei o corpo, às lágrimas,
encorajado pelo sofrimento:
"Sórdidos! Que ousadia dar a um outro
minhas panóplias, sem me consultar!" 370
E Odisseu, junto a mim, me provocou:
"Sim, meu jovem, é justo que eu as tenha.
Quem foi que as resgatou com o cadáver?"
O sangue me subiu e o agredi
com palavras vulgares, esgotando 375
o repertório baixo, sem as armas!
E ele, sabidamente avesso à ira,
mordido no íntimo, me respondeu:
"Não estavas conosco, estavas onde
não devias, e como não controlas 380
tua língua, voltarás de mãos vazias!"
Tornei frustrado a Ciro, diminuído
com o que ali sofrera. Esse Odisseu
é um rato de uma estirpe de ratúnculos!
E não o inculpo mais do que os chefões, 385
pois a cidade e a tropa são dos líderes,

---

[22] Trata-se de um recurso da épica a designação do personagem pelo nome do pai. Assim como Aquileu (filho de Aquiles) alude a Neoptólemo, Laertíade (filho de Laertes) concerne a Odisseu.

στρατός τε σύμπας· οἱ δ' ἀκοσμοῦντες βροτῶν
διδασκάλων λόγοισι γίγνονται κακοί.
λόγος λέλεκται πᾶς· ὁ δ' Ἀτρείδας στυγῶν
ἐμοί θ' ὁμοίως καὶ θεοῖς εἴη φίλος. 390

ΧΟΡΟΣ

ὀρεστέρα παμβῶτι Γᾶ, Estr.
μᾶτερ αὐτοῦ Διός,
ἃ τὸν μέγαν Πακτωλὸν εὔχρυσον νέμεις,
σὲ κἀκεῖ, μᾶτερ πότνι', ἐπηυδώμαν, 395
ὅτ' ἐς τόνδ' Ἀτρειδᾶν
ὕβρις πᾶσ' ἐχώρει,
ὅτε τὰ πάτρια τεύχεα παρεδίδοσαν,
ἰὼ μάκαιρα ταυροκτόνων 400
λεόντων ἔφεδρε, τῷ Λαρτίου,
σέβας ὑπέρτατον.

ΦΙΛΟΚΤΗΤΗΣ

ἔχοντες, ὡς ἔοικε, σύμβολον σαφὲς
λύπης πρὸς ἡμᾶς, ὦ ξένοι, πεπλεύκατε,
καί μοι προσᾴδεθ' ὥστε γιγνώσκειν ὅτι 405
ταῦτ' ἐξ Ἀτρειδῶν ἔργα κἀξ Ὀδυσσέως.
ἔξοιδα γάρ νιν παντὸς ἂν λόγου κακοῦ
γλώσσῃ θιγόντα καὶ πανουργίας, ἀφ' ἧς
μηδὲν δίκαιον ἐς τέλος μέλλοι ποεῖν.

e quem transgride a ordem só adota
as pérfidas lições que herdou dos mestres.
Não só o meu amor, o amor dos numes
terá quem menospreze a gente atrida! 390

CORO

Geia montanhosa,   Estr.
pan-nutriz,
máter do próprio Zeus,
guardiã do áureo Pactolo,[23]
também ali não deixava de te invocar,
máter magna, 395
quando o descontrole atrida o atingia,
quando destinavam o armamento de ancestres,
altiva joia de distinção,
a Odisseu, 400
ó bem-aventurada,[24]
assentada em leões matadores-de-touros!

FILOCTETES

Parece que singraste o mar a fim
de selarmos um pacto de agonia.
No teu canto de dor percebo a marca 405
de atreus e de Odisseu. A língua do último
é afeita a pronunciar palavras vis,
sendo incapaz, portanto, de cumprir
alguma ação honesta. Mas o que

---

[23] Pactolo, rio de Sárdis, onde Cibele era cultuada. O coro invoca a Terra (Geia) que, por sincretismo religioso, representa, a um só tempo, a mãe de Zeus (Reia) e a figura de Cibele.

[24] Alusão a Cibele.

ἀλλ' οὔ τι τοῦτο θαῦμ' ἔμοιγ', ἀλλ' εἰ παρὼν   410
Αἴας ὁ μείζων ταῦθ' ὁρῶν ἠνείχετο.

ΝΕΟΠΤΟΛΕΜΟΣ
οὐκ ἦν ἔτι ζῶν, ὦ ξέν'· οὐ γὰρ ἄν ποτε
ζῶντός γ' ἐκείνου ταῦτ' ἐσυλήθην ἐγώ.

ΦΙΛΟΚΤΗΤΗΣ
πῶς εἶπας; ἀλλ' ἦ χοὖτος οἴχεται θανών;

ΝΕΟΠΤΟΛΕΜΟΣ
ὡς μηκέτ' ὄντα κεῖνον ἐν φάει νόει.   415

ΦΙΛΟΚΤΗΤΗΣ
οἴμοι τάλας. ἀλλ' οὐχ ὁ Τυδέως γόνος,
οὐδ' οὑμπολητὸς Σισύφου Λαερτίῳ,
οὐ μὴ θάνωσι· τούσδε γὰρ μὴ ζῆν ἔδει.

ΝΕΟΠΤΟΛΕΜΟΣ
οὐ δῆτ'· ἐπίστω τοῦτό γ'· ἀλλὰ καὶ μέγα
θάλλοντές εἰσι νῦν ἐν Ἀργείων στρατῷ.   420

ΦΙΛΟΚΤΗΤΗΣ
τί δ'; οὐ παλαιὸς κἀγαθὸς φίλος τ' ἐμός,

me espanta mais, sabes o que é? Que Ájax, 410
testemunha ocular, não reagisse!

NEOPTÓLEMO
Jamais teriam me roubado as armas
se ele estivesse ainda entre nós.

FILOCTETES
Será que entendo bem? Ájax jaz?

NEOPTÓLEMO
A luz não mais circunda o corpo enorme. 415

FILOCTETES
E o filho de Tideu — aposto! — vive,[25]
assim como o de Sísifo, comprado[26]
por Laertes! A dupla não faz falta!

NEOPTÓLEMO
Sem dúvida que vivem e têm voz
ativa no comando dos argivos. 420

FILOCTETES
Nestor de Pilos era um velho amigo,[27]

---

[25] Diomedes, filho de Tideu, é um dos principais líderes gregos, com presença marcante sobretudo nos cantos V e VI da *Ilíada*.

[26] Segundo fontes imprecisas, a mãe de Odisseu, Anticleia, teria sido engravidada por Sísifo (exemplo de astúcia, cf. *Ilíada*, VI, 153), quando se casou com o pai de Odisseu, Laertes.

[27] Modelo de conselheiro na *Ilíada*, Nestor, rei de Pilos, é pai de Antíloco, morto por Mêmnon (cf. *Odisseia*, IV, 188).

Νέστωρ ὁ Πύλιος, ἔστιν; οὗτος γὰρ τά γε
κείνων κάκ' ἐξήρυκε, βουλεύων σοφά.

ΝΕΟΠΤΟΛΕΜΟΣ
κεῖνός γε πράσσει νῦν κακῶς, ἐπεὶ θανὼν
Ἀντίλοχος αὐτῷ φροῦδος, ὃς παρῆν, γόνος.   425

ΦΙΛΟΚΤΗΤΗΣ
οἴμοι, δύ' αὖ τώδ' ἄνδρ' ἔλεξας, οἶν ἐγὼ
ἥκιστ' ἂν ἠθέλησ' ὀλωλότοιν κλύειν.
φεῦ φεῦ· τί δῆτα δεῖ σκοπεῖν, ὅθ' οἵδε μὲν
τεθνᾶσ', Ὀδυσσεὺς δ' ἔστιν αὖ κἀνταῦθ' ἵνα
χρῆν ἀντὶ τούτων αὐτὸν αὐδᾶσθαι νεκρόν;   430

ΝΕΟΠΤΟΛΕΜΟΣ
σοφὸς παλαιστὴς κεῖνος· ἀλλὰ χαἰ σοφαὶ
γνῶμαι, Φιλοκτῆτ', ἐμποδίζονται θαμά.

ΦΙΛΟΚΤΗΤΗΣ
φέρ' εἰπὲ πρὸς θεῶν, ποῦ γὰρ ἦν ἐνταῦθά σοι
Πάτροκλος, ὃς σοῦ πατρὸς ἦν τὰ φίλτατα;

ΝΕΟΠΤΟΛΕΜΟΣ
χοὖτος τεθνηκὼς ἦν· λόγῳ δέ σ' ἐν βραχεῖ   435
τοῦτ' ἐκδιδάξω· πόλεμος οὐδέν' ἄνδρ' ἑκὼν
αἱρεῖ πονηρόν, ἀλλὰ τοὺς χρηστοὺς ἀεί.

ΦΙΛΟΚΤΗΤΗΣ
ξυμμαρτυρῶ σοι· καὶ κατ' αὐτὸ τοῦτό γε

a mim caríssimo, que demovia
o incauto dos equívocos. Respira?

NEOPTÓLEMO
O passamento do infeliz Antíloco,
seu filho e sombra, o faz sofrer muitíssimo! 425

FILOCTETES
Mencionas quem eu menos gostaria
de saber que morreu. O que pensar
se os dois morreram e Odisseu solerte
sobrevive, quando é o cadáver dele
que deveria nos ser dado ver? 430

NEOPTÓLEMO
É um golpista habilíssimo, mas hábeis
também costumam dar os seus cochilos.

FILOCTETES
Mas Pátroclo, tão íntimo de Aquiles,[28]
onde ele estava? Não tomou partido?

NEOPTÓLEMO
Também morrera. Aprende em duas palavras: 435
a guerra leva preferencialmente
o valoroso no lugar do fraco.

FILOCTETES
De fato, e é por isso que eu te indago

---

[28] Aspectos biográficos de Pátroclo, principal companheiro de Aquiles, encontram-se na *Ilíada*, XI, 787 ss.

ἀναξίου μὲν φωτὸς ἐξερήσομαι,
γλώσσῃ δὲ δεινοῦ καὶ σοφοῦ, τί νῦν κυρεῖ.   440

ΝΕΟΠΤΟΛΕΜΟΣ
ποίου δὲ τούτου πλήν γ' Ὀδυσσέως ἐρεῖς;

ΦΙΛΟΚΤΗΤΗΣ
οὐ τοῦτον εἶπον, ἀλλὰ Θερσίτης τις ἦν,
ὃς οὐκ ἂν εἵλετ' εἰσάπαξ εἰπεῖν, ὅπου
μηδεὶς ἐῴη· τοῦτον οἶσθ' εἰ ζῶν κυρεῖ;

ΝΕΟΠΤΟΛΕΜΟΣ
οὐκ εἶδον αὐτόν, ᾐσθόμην δ' ἔτ' ὄντα νιν.   445

ΦΙΛΟΚΤΗΤΗΣ
ἔμελλ'· ἐπεὶ οὐδέν πω κακόν γ' ἀπώλετο,
ἀλλ' εὖ περιστέλλουσιν αὐτὰ δαίμονες,
καί πως τὰ μὲν πανοῦργα καὶ παλιντριβῆ
χαίρουσ' ἀναστρέφοντες ἐξ Ἅιδου, τὰ δὲ
δίκαια καὶ τὰ χρήστ' ἀποστέλλουσ' ἀεί.   450
ποῦ χρὴ τίθεσθαι ταῦτα, ποῦ δ' αἰνεῖν, ὅταν
τὰ θεῖ' ἐπαινῶν τοὺς θεοὺς εὕρω κακούς;

ΝΕΟΠΤΟΛΕΜΟΣ
ἐγὼ μέν, ὦ γένεθλον Οἰταίου πατρός,
τὸ λοιπὸν ἤδη τηλόθεν τό τ' Ἴλιον
καὶ τοὺς Ἀτρείδας εἰσορῶν φυλάξομαι·   455

que fim levou o tipo infame, exímio
falastrão, se ainda vive ou faleceu.   440

NEOPTÓLEMO
Aludes certamente ao Laertíade.

FILOCTETES
Não falo dele, mas de um tal Tersites:[29]
sofria de incontinência verborrágica,
até quando o vaiavam. É um supérstite?

NEOPTÓLEMO
Pelo que ouvi dizer, ainda vive...   445

FILOCTETES
Provável: os canalhas não perecem,
mas vivem com o auxílio dos deuses,
risonhos ao reconduzirem do ínfero
os incuráveis sórdidos, mantendo
no Hades os justos e os honrados. Não   450
é fácil de engolir! Agindo assim,
os deuses não mereceriam críticas?

NEOPTÓLEMO
Pretendo me manter distante de Ílion
e atreus até meus dias derradeiros,
Filoctetes, mas não abaixo a guarda: 455

---

[29] Personagem ridículo da *Ilíada* (II, 212 ss.), anti-herói falastrão e insolente. Eis como é descrito, na tradução de Haroldo de Campos: "vesgo, manco de um pé, ombros curvos em arco/ esquálido, cabeça pontiaguda, calva/ à mostra..." (*Ilíada de Homero*, São Paulo, Arx, 2001).

ὅπου δ' ὁ χείρων τἀγαθοῦ μεῖζον σθένει
κἀποφθίνει τὰ χρηστὰ χὠ δειλὸς κρατεῖ,
τούτους ἐγὼ τοὺς ἄνδρας οὐ στέρξω ποτέ·
ἀλλ' ἡ πετραία Σκῦρος ἐξαρκοῦσά μοι
ἔσται τὸ λοιπόν, ὥστε τέρπεσθαι δόμῳ. 460
νῦν δ' εἶμι πρὸς ναῦν· καὶ σύ, Ποίαντος τέκνον,
χαῖρ' ὡς μέγιστα, χαῖρε· καί σε δαίμονες
νόσου μεταστήσειαν, ὡς αὐτὸς θέλεις.
ἡμεῖς δ' ἴωμεν, ὡς ὁπηνίκ' ἂν θεὸς
πλοῦν ἡμὶν εἴκῃ, τηνικαῦθ' ὁρμώμεθα. 465

ΦΙΛΟΚΤΗΤΗΣ
ἤδη, τέκνον, στέλλεσθε;

ΝΕΟΠΤΟΛΕΜΟΣ
                    καιρὸς γὰρ καλεῖ
πλοῦν μὴ 'ξ ἀπόπτου μᾶλλον ἢ 'γγύθεν σκοπεῖν.

ΦΙΛΟΚΤΗΤΗΣ
πρός νύν σε πατρός, πρός τε μητρός, ὦ τέκνον,
πρός τ' εἴ τί σοι κατ' οἶκόν ἐστι προσφιλές,
ἱκέτης ἱκνοῦμαι, μὴ λίπῃς μ' οὕτω μόνον, 470
ἔρημον ἐν κακοῖσι τοῖσδ' οἵοις ὁρᾷς
ὅσοισί τ' ἐξήκουσας ἐνναίοντά με·
ἀλλ' ἐν παρέργῳ θοῦ με. δυσχέρεια μέν,
ἔξοιδα, πολλὴ τοῦδε τοῦ φορήματος·
ὅμως δὲ τλῆθι· τοῖσι γενναίοισί τοι 475

onde o medíocre pode mais que o ótimo,
onde o honesto decai e o pulha dita...
com gente assim não quero ter contato.
Agora e no futuro sonho só
com Ciro pétrea, basta o domicílio   460
natal! Retorno à nau, mas antes deixo
minhas melhores recomendações!
Que os dâimones te livrem da moléstia![30]
Partimos, quando um deus nos favoreça,
singrando o mar no meu regresso ao lar!   465

   [Neoptólemo faz menção de partir]

FILOCTETES
Já vais assim, tão de repente?

NEOPTÓLEMO
   Kairós, a hora agá,
dita o preparo para alçarmos vela!

FILOCTETES
Apelo, filho, aos teus antepassados,
apelo ao mais sagrado no teu lar,
mais que apelar, imploro: não relegues   470
à solitude quem sucumbe ao mal,
não só ao mal que vês, ao mal que ouviste
dizer que me contrista. Vai! Acolhe
um peso morto! Sei o estorvo enorme
que é embarcar um fardo assim, contudo   475

---

[30] Na literatura grega, o termo "dâimon" é empregado como sinônimo de "deus", "sorte", "acaso", "fortuna", "destino", "mau espírito", "morte".

τό τ' αἰσχρὸν ἐχθρὸν καὶ τὸ χρηστὸν εὐκλεές.
σοὶ δ', ἐκλιπόντι τοῦτ', ὄνειδος οὐ καλόν,
δράσαντι δ', ὦ παῖ, πλεῖστον εὐκλείας γέρας,
ἐὰν μόλω 'γὼ ζῶν πρὸς Οὐταίαν χθόνα.
ἴθ'· ἡμέρας τοι μόχθος οὐχ ὅλης μιᾶς. 480
τόλμησον, ἐμβαλοῦ μ' ὅπῃ θέλεις ἄγων,
εἰς ἀντλίαν, εἰς πρῷραν, εἰς πρύμνην, ὅποι
ἥκιστα μέλλω τοὺς ξυνόντας ἀλγυνεῖν.
νεῦσον, πρὸς αὐτοῦ Ζηνὸς ἱκεσίου, τέκνον,
πείσθητι· προσπίτνω σε γόνασι, καίπερ ὢν 485
ἀκράτωρ ὁ τλήμων, χωλός. ἀλλὰ μή μ' ἀφῇς
ἔρημον οὕτω χωρὶς ἀνθρώπων στίβου,
ἀλλ' ἢ πρὸς οἶκον τὸν σὸν ἔκσωσόν μ' ἄγων,
ἢ πρὸς τὰ Χαλκώδοντος Εὐβοίας σταθμά·
κἀκεῖθεν οὔ μοι μακρὸς εἰς Οἴτην στόλος 490
Τραχινίαν τε δερ��δα καὶ τὸν εὔροον
Σπερχειὸν ἔσται· πατρί μ' ὡς δείξῃς φίλῳ,
ὃν δὴ παλαιὸν ἐξότου δέδοικ' ἐγὼ
μή μοι βεβήκῃ. πολλὰ γὰρ τοῖς ἱγμένοις
ἔστελλον αὐτὸν ἱκεσίους πέμπων λιτάς, 495
αὐτόστολον πλεύσαντά μ' ἐκσῶσαι δόμους.
ἀλλ' ἢ τέθνηκεν ἢ τὰ τῶν διακόνων,
ὡς εἰκός, οἶμαι, τοὐμὸν ἐν σμικρῷ μέρος
ποιούμενοι τὸν οἴκαδ' ἤπειγον στόλον.
νῦν δ', εἰς σὲ γὰρ πομπόν τε καὐτὸν ἄγγελον 500
ἥκω, σὺ σῶσον, σύ μ' ἐλέησον, εἰσορῶν
ὡς πάντα δεινὰ κἀπικινδύνως βροτοῖς
κεῖται παθεῖν μὲν εὖ, παθεῖν δὲ θάτερα.

embarca! A pequenez constrange o nobre,
que se perfaz na generosidade.
A omissão carece de beleza.
Os prêmios hão de estar à tua altura,
se com vida eu chegar ao solo éteo!³¹ 480
A náusea dura um dia. Aceito um canto,
sentina, proa, popa, onde eu estorve
ao mínimo a equipagem nas manobras.
Concede, filho, pelo protetor
que invoco agora: Zeus! Me ajoelho tal 485
qual permite a limitação de um coxo.
Não me sequestres do convívio humano!
Resgata-me na tua própria casa
ou deixa-me na Eubeia calcodôntia,³²
que não dista demais de Eta, nem 490
da íngreme Traquínia ou de Espérquio,
a bênção fluvial! Meu pai querido,
se meu temor de sua morte não
se confirmar (viajores lhe levaram
meus rogos de resgate, minhas súplicas 495
de nave condutora ao lar saudoso),
me encontrará contigo. Dupla hipótese:
morreu ou recadistas — como de hábito —
sequer consideraram meu quinhão,
durante o périplo transoceânico. 500
Recorro a ti, meu condutor e núncio!
Tudo é perigo e risco nesta vida,

---

³¹ Adjetivo referente a Eta (ver nota seguinte).

³² Calcodonte, rei mítico de Eubeia, é citado na *Ilíada*, II, 540. Traquínia localiza-se entre o monte Eta e o golfo maliano. O rio Espérquio deságua nesse golfo.

χρὴ δ' ἐκτὸς ὄντα πημάτων τὰ δείν' ὁρᾶν,
χὤταν τις εὖ ζῇ, τηνικαῦτα τὸν βίον   505
σκοπεῖν μάλιστα μὴ διαφθαρεὶς λάθῃ.

ΧΟΡΟΣ

οἴκτιρ', ἄναξ· πολλῶν ἔλε-   Ant.
ξεν δυσοίστων πόνων
ἆθλ', οἷα μηδεὶς τῶν ἐμῶν τύχοι φίλων.
εἰ δὲ πικρούς, ἄναξ, ἔχθεις Ἀτρείδας,   510
ἐγὼ μέν, τὸ κείνων
κακὸν τῷδε κέρδος
μετατιθέμενος, ἔνθαπερ ἐπιμέμονεν,   515
ἐπ' εὐστόλου ταχείας νεὼς
πορεύσαιμ' ἂν ἐς δόμους, τὰν θεῶν
νέμεσιν ἐκφυγών.

ΝΕΟΠΤΟΛΕΜΟΣ

ὅρα σὺ μὴ νῦν μέν τις εὐχερὴς παρῇς,
ὅταν δὲ πλησθῇς τῆς νόσου ξυνουσίᾳ,   520
τότ' οὐκέθ' αὑτὸς τοῖς λόγοις τούτοις φανῇς.

ΧΟΡΟΣ

ἥκιστα· τοῦτ' οὐκ ἔσθ' ὅπως ποτ' εἰς ἐμὲ
τοὔνειδος ἕξεις ἐνδίκως ὀνειδίσαι.

ΝΕΟΠΤΟΛΕΜΟΣ

ἀλλ' αἰσχρὰ μέντοι σοῦ γέ μ' ἐνδεέστερον
ξένῳ φανῆναι πρὸς τὸ καίριον πονεῖν.   525
ἀλλ' εἰ δοκεῖ, πλέωμεν, ὁρμάσθω ταχύς·
χἠ ναῦς γὰρ ἄξει κοὐκ ἀπαρνηθήσεται.

seja boa a maré, seja madrasta.
Deve se acautelar o homem próspero, 505
para evitar surpresas da desgraça.

CORO

Sensibiliza-te, senhor! Ant.
Discorreu sobre o pesar de agruras inúmeras,
de que nenhum amigo tenha o azar de padecer!
Assim espero.
Se odeias os atridas, gente chã, 510
em teu lugar, reverteria num megabenefício
o prejuízo que lhe impingem.
Facilita seu torna-viagem,
sonho que o obceca, 515
em nau veloz de ótima equipagem,
fugindo à nêmesis, punição dos numes.

NEOPTÓLEMO

Só espero que a solicitude de hoje
sejas capaz de reafirmá-la quando 520
te saturares da moléstia próxima!

CORO

Garanto que jamais ninguém vai ter
ocasião para censurar-me um gesto.

NEOPTÓLEMO

Vergonha se eu der a impressão de menos
empenho pelo forasteiro quando 525
a hora chega. Às ondas, se concordas!
Ninguém vai refugá-lo, a nave o leva!

μόνον θεοὶ σῴζοιεν ἔκ τε τῆσδε γῆς
ἡμᾶς ὅποι τ' ἐνθένδε βουλοίμεσθα πλεῖν.

ΦΙΛΟΚΤΗΤΗΣ

ὦ φίλτατον μὲν ἦμαρ, ἥδιστος δ' ἀνήρ, 530
φίλοι δὲ ναῦται, πῶς ἂν ὑμὶν ἐμφανὴς
ἔργῳ γενοίμην, ὥς μ' ἔθεσθε προσφιλῆ;
ἴωμεν, ὦ παῖ, προσκύσαντε τὴν ἔσω
ἄοικον εἰσοίκησιν, ὥς με καὶ μάθῃς
ἀφ' ὧν διέζων ὥς τ' ἔφυν εὐκάρδιος. 535
οἶμαι γὰρ οὐδ' ἂν ὄμμασιν μόνην θέαν
ἄλλον λαβόντα πλὴν ἐμοῦ τλῆναι τάδε·
ἐγὼ δ' ἀνάγκῃ προύμαθον στέργειν κακά.

ΧΟΡΟΣ

ἐπίσχετον, μάθωμεν· ἄνδρε γὰρ δύο,
ὁ μὲν νεὼς σῆς ναυβάτης, ὁ δ' ἀλλόθρους, 540
χωρεῖτον, ὧν μαθόντες αὖθις εἴσιτον.

ΕΜΠΟΡΟΣ

Ἀχιλλέως παῖ, τόνδε τὸν ξυνέμπορον,
ὃς ἦν νεὼς σῆς σὺν δυοῖν ἄλλοιν φύλαξ,
ἐκέλευσ' ἐμοί σε ποῦ κυρῶν εἴης φράσαι,
ἐπείπερ ἀντέκυρσα, δοξάζων μὲν οὔ, 545
τύχῃ δέ πως πρὸς ταὐτὸν ὁρμισθεὶς πέδον.
πλέων γὰρ ὡς ναύκληρος οὐ πολλῷ στόλῳ

Que os deuses propiciem calmaria
à terra onde queremos aportar!

FILOCTETES
Ó dia tão sonhado! Que homem íntegro! 530
Marujos magnos, como manifesto
em ato o apreço que me cala fundo?
Vamos, meu jovem, mas saúdo antes
meu habitáculo inabitável,
para saberes o que suportei 535
sem desfibrar! Quem se habilita a, não
direi viver como eu, tão só olhar?
Curvei-me ao mal premido pelos fatos!

CORO
Esperai! Vamos ver o que os dois homens,[33]
um nauta e o outro com jeito estrangeiro, 540
querem. Antes de entrar, os ouviremos.

*[Entra o falso mercador,
escoltado por um marinheiro de Neoptólemo]*

MERCADOR
Neoptólemo, indaguei a este comparsa
de profissão e à dupla que cuidava
da tua embarcação, onde é que estavas.
Foi por acaso que cruzei contigo, 545
pois não tinha a intenção de vir aqui.
No mar, à testa de equipagem mínima,

---

[33] O corifeu anuncia a chegada de um desconhecido com um marinheiro de Neoptólemo. O desconhecido é o personagem que Odisseu disse que enviaria, se Neoptólemo se demorasse.

ἀπ' Ἰλίου πρὸς οἶκον ἐς τὴν εὔβοτρυν
Πεπάρηθον, ὡς ἤκουσα τοὺς ναύτας ὅτι
σοὶ πάντες εἶεν συννεναυστοληκότες, 550
ἔδοξέ μοι μὴ σῖγα, πρὶν φράσαιμί σοι,
τὸν πλοῦν ποεῖσθαι, προστυχόντι τῶν ἴσων.
οὐδὲν σύ που κάτοισθα τῶν σαυτοῦ πέρι,
ἃ τοῖσιν Ἀργείοισιν ἀμφὶ σοῦ νέα
βουλεύματ' ἐστί, κοὐ μόνον βουλεύματα, 555
ἀλλ' ἔργα δρώμεν', οὐκέτ' ἐξαργούμενα.

ΝΕΟΠΤΟΛΕΜΟΣ
ἀλλ' ἡ χάρις μὲν τῆς προμηθίας, ξένε,
εἰ μὴ κακὸς πέφυκα, προσφιλὴς μενεῖ·
φράσον δ' ἅ γ' ἔργ' ἔλεξας, ὡς μάθω τί μοι
νεώτερον βούλευμ' ἀπ' Ἀργείων ἔχεις. 560

ΕΜΠΟΡΟΣ
φροῦδοι διώκοντές σε ναυτικῷ στόλῳ
φοῖνιξ θ' ὁ πρέσβυς οἵ τε Θησέως κόροι.

ΝΕΟΠΤΟΛΕΜΟΣ
ὡς ἐκ βίας μ' ἄξοντες ἢ λόγοις πάλιν;

ΕΜΠΟΡΟΣ
οὐκ οἶδ'· ἀκούσας δ' ἄγγελος πάρειμί σοι.

tornava a Peparetos verdejante³⁴
de Troia, quando ouvi da trupe náutica
que o grupo todo estava a teu serviço, 550
e a mim quis parecer melhor, a mim
que nunca desperdiço recompensas,
não ir sem te falar. Talvez ignores
a armação dos argivos contra ti,³⁵
ou melhor, não se trata de armação, 555
pois o plano de ação já põem em prática.

NEOPTÓLEMO

Não sou mesquinho; sei manifestar,
amigo, a gratitude pelo auxílio.
Explica o que insinuas, para eu ter
ideia clara da cilada argiva! 560

MERCADOR

Partiu na esquadra que te segue Fênix,³⁶
o sênex, com os filhos de Teseu.

NEOPTÓLEMO

Querem levar-me à força ou conversar?

MERCADOR

Disso não sei. Sou núncio do que ouvi.

---

³⁴ Peparetos é uma ilha situada entre Ciro e Mália.

³⁵ Argivos, aqueus ou gregos são termos intercambiantes na poesia grega.

³⁶ Personagem mencionado anteriormente, Fênix é o velho ("sênex") tutor de Aquiles. Os dois filhos de Teseu são Acamante e Demofonte, ausentes dos poemas homéricos.

ΝΕΟΠΤΟΛΕΜΟΣ
ἦ ταῦτα δὴ Φοῖνίξ τε χοἰ ξυνναυβάται 565
οὕτω καθ' ὁρμὴν δρῶσιν Ἀτρειδῶν χάριν;

ΕΜΠΟΡΟΣ
ὡς ταῦτ' ἐπίστω δρώμεν', οὐ μέλλοντ' ἔτι.

ΝΕΟΠΤΟΛΕΜΟΣ
πῶς οὖν Ὀδυσσεὺς πρὸς τάδ' οὐκ αὐτάγγελος
πλεῖν ἦν ἕτοιμος; ἢ φόβος τις εἶργέ νιν;

ΕΜΠΟΡΟΣ
κεῖνός γ' ἐπ' ἄλλον ἄνδρ' ὁ Τυδέως τε παῖς 570
ἔστελλον, ἡνίκ' ἐξανηγόμην ἐγώ.

ΝΕΟΠΤΟΛΕΜΟΣ
πρὸς ποῖον αὖ τόνδ' αὐτὸς Οὐδυσσεὺς ἔπλει;

ΕΜΠΟΡΟΣ
ἦν δή τις — ἀλλὰ τόνδε μοι πρῶτον φράσον
τίς ἐστίν· ἂν λέγῃς δὲ μὴ φώνει μέγα.

ΝΕΟΠΤΟΛΕΜΟΣ
ὅδ' ἔσθ' ὁ κλεινός σοι Φιλοκτήτης, ξένε. 575

ΕΜΠΟΡΟΣ
μή νύν μ' ἔρῃ τὰ πλείον', ἀλλ' ὅσον τάχος
ἔκπλει σεαυτὸν ξυλλαβὼν ἐκ τῆσδε γῆς.

NEOPTÓLEMO

É em nome dos atridas que se empenha
o velho Fênix com seus companheiros?

MERCADOR

Transpõem a fase dos preparativos.

NEOPTÓLEMO

Odisseu ele mesmo recusou-se
a ser o mensageiro? Acovardou-se?

MERCADOR

Estava prestes a buscar alguém
com o Tideide, quando icei a âncora.[37]

NEOPTÓLEMO

Zarpava pessoalmente atrás de quem?

MERCADOR

Alguém de nome... mas primeiro fala,
cá entre nós, quem é esse sujeito!

NEOPTÓLEMO

Estás diante do nobre Filoctetes.

MERCADOR

Não me perguntes nada mais! Embarca
o quanto antes! Abandona Lemnos!

---

[37] Como já foi anotado, Tideide (filho de Tideu) é Diomedes.

ΦΙΛΟΚΤΗΤΗΣ

τί φησιν, ὦ παῖ; τί με κατὰ σκότον ποτὲ
διεμπολᾷ λόγοισι πρός σ' ὁ ναυβάτης;

ΝΕΟΠΤΟΛΕΜΟΣ

οὐκ οἶδά πω τί φησι· δεῖ δ' αὐτὸν λέγειν   580
εἰς φῶς ὃ λέξει, πρὸς σὲ κἀμὲ τούσδε τε.

ΕΜΠΟΡΟΣ

ὦ σπέρμ' Ἀχιλλέως, μή με διαβάλῃς στρατῷ
λέγονθ' ἃ μὴ δεῖ· πόλλ' ἐγὼ κείνων ὕπο
δρῶν ἀντιπάσχω χρηστά θ', οἷ' ἀνὴρ πένης.

ΝΕΟΠΤΟΛΕΜΟΣ

ἐγώ εἰμ' Ἀτρείδαις δυσμενής· οὗτος δέ μοι   585
φίλος μέγιστος, οὕνεκ' Ἀτρείδας στυγεῖ.
δεῖ δή σ', ἔμοιγ' ἐλθόντα προσφιλῆ, λόγων
κρύψαι πρὸς ἡμᾶς μηδέν' ὧν ἀκήκοας.

ΕΜΠΟΡΟΣ

ὅρα τί ποιεῖς, παῖ.

ΝΕΟΠΤΟΛΕΜΟΣ

     σκοπῶ κἀγὼ πάλαι.

ΕΜΠΟΡΟΣ

σὲ θήσομαι τῶνδ' αἴτιον.   590

ΝΕΟΠΤΟΛΕΜΟΣ

    ποιοῦ λέγων.

FILOCTETES
Rapaz! É sobre mim o conteúdo
do que o marujo diz em seu murmúrio?

NEOPTÓLEMO
Não peguei tudo. Deves ser direto   580
no que tens a dizer diante de todos.

MERCADOR
Não me delates ao tropel, Neoptólemo,
se digo o que não devo. Pobre servo,
é deles que recebo as benesses.

NEOPTÓLEMO
Odeio atridas, e este é o meu melhor   585
amigo, pois também despreza atreus.
Se a amizade te move, não pretendas
ocultar de nós dois o que escutaste.

MERCADOR
Vê o que fazes, filho!

NEOPTÓLEMO
   Não é de agora que reflito.

MERCADOR
Pois és o responsável.   590

NEOPTÓLEMO
   Assumo o fato.

ΕΜΠΟΡΟΣ

λέγω. 'πὶ τοῦτον ἄνδρε τώδ' ὥπερ κλύεις,
ὁ Τυδέως παῖς ἥ τ' Ὀδυσσέως βία,
διώμοτοι πλέουσιν ἦ μὴν ἢ λόγῳ
πείσαντες ἄξειν, ἢ πρὸς ἰσχύος κράτος.
καὶ ταῦτ' Ἀχαιοὶ πάντες ἤκουον σαφῶς   595
Ὀδυσσέως λέγοντος· οὗτος γὰρ πλέον
τὸ θάρσος εἶχε θἀτέρου δράσειν τάδε.

ΝΕΟΠΤΟΛΕΜΟΣ

τίνος δ' Ἀτρεῖδαι τοῦδ' ἄγαν οὕτω χρόνῳ
τοσῷδ' ἐπεστρέφοντο πράγματος χάριν,
ὅν γ' εἶχον ἤδη χρόνιον ἐκβεβληκότες;   600
τίς ὁ πόθος αὐτοὺς ἵκετ'; ἢ θεῶν βία
καὶ νέμεσις, οἵπερ ἔργ' ἀμύνουσιν κακά;

ΕΜΠΟΡΟΣ

ἐγώ σε τοῦτ', ἴσως γὰρ οὐκ ἀκήκοας,
πᾶν ἐκδιδάξω. μάντις ἦν τις εὐγενής,
Πριάμου μὲν υἱός, ὄνομα δ' ὠνομάζετο   605
Ἕλενος, ὃν οὗτος νυκτὸς ἐξελθὼν μόνος,
ὁ πάντ' ἀκούων αἰσχρὰ καὶ λωβήτ' ἔπη
δόλιος Ὀδυσσεὺς εἷλε· δέσμιόν τ' ἄγων
ἔδειξ' Ἀχαιοῖς ἐς μέσον, θήραν καλήν·
ὃς δὴ τά τ' ἄλλ' αὐτοῖσι πάντ' ἐθέσπισεν   610

MERCADOR

Os dois heróis aos quais me referi,
Diomedes e Odisseu intemperante,
juraram ao zarpar trazê-lo à força,
se os argumentos não o convencessem.
Foi o que o contingente argivo ouviu   595
da boca de Odisseu, confiante mais
que o outro no sucesso da empreitada.

NEOPTÓLEMO

Não consigo entender por que motivo,
depois de tanto tempo, atreus desejam
um homem que eles próprios renegaram.   600
Vontade própria? Punição divina
pelo mal provocado no passado?

MERCADOR

Talvez ignores o que vou narrar:
Heleno, um vate nobre da linhagem[38]
de Príamo, em plena noite, solitário,   605
foi abordado pelo herói de péssima
reputação, que o trata com palavras
do mais baixo calão. Acorrentado,
Odisseu mostra a bela fera a aqueus.
Das antecipações que fez, previu   610

---

[38] Personagem-chave na estrutura do drama, Heleno, citado aqui pelo falso mercador, é autor da profecia segundo a qual os gregos só derrotariam os troianos se Filoctetes fosse conduzido à guerra. O leitor deve notar que essa profecia jamais é mencionada por Odisseu diretamente. Não sabemos, portanto, até que ponto o mercador é fiel à profecia ou segue as instruções de Odisseu. Desconhecemos se fazia parte do augúrio o convencimento de Filoctetes.

καὶ τἀπὶ Τροίᾳ πέργαμ' ὡς οὐ μή ποτε
πέρσοιεν, εἰ μὴ τόνδε πείσαντες λόγῳ
ἄγοιντο νήσου τῆσδ' ἐφ' ἧς ναίει τὰ νῦν.
καὶ ταῦθ' ὅπως ἤκουσ' ὁ Λαέρτου τόκος
τὸν μάντιν εἰπόντ', εὐθέως ὑπέσχετο   615
τὸν ἄνδρ' Ἀχαιοῖς τόνδε δηλώσειν ἄγων·
οἴοιτο μὲν μάλισθ' ἑκούσιον λαβών,
εἰ μὴ θέλοι δ', ἄκοντα· καὶ τούτων κάρα
τέμνειν ἐφεῖτο τῷ θέλοντι μὴ τυχών.
ἤκουσας, ὦ παῖ, πάντα· τὸ σπεύδειν δέ σοι   620
καὐτῷ παραινῶ κεἴ τινος κήδει πέρι.

ΦΙΛΟΚΤΗΤΗΣ
οἴμοι τάλας· ἦ κεῖνος, ἡ πᾶσα βλάβη,
ἔμ' εἰς Ἀχαιοὺς ὤμοσεν πείσας στελεῖν;
πεισθήσομαι γὰρ ὧδε κἀξ Ἅιδου θανὼν
πρὸς φῶς ἀνελθεῖν, ὥσπερ οὑκείνου πατήρ.   625

ΕΜΠΟΡΟΣ
οὐκ οἶδ' ἐγὼ ταῦτ'· ἀλλ' ἐγὼ μὲν εἶμ' ἐπὶ
ναῦν, σφῷν δ' ὅπως ἄριστα συμφέροι θεός.

ΦΙΛΟΚΤΗΤΗΣ
οὔκουν τάδ', ὦ παῖ, δεινά, τὸν Λαερτίου
ἔμ' ἐλπίσαι ποτ' ἂν λόγοισι μαλθακοῖς
δεῖξαι νεὼς ἄγοντ' ἐν Ἀργείοις μέσοις;   630
οὔ· θᾶσσον ἂν τῆς πλεῖστον ἐχθίστης ἐμοὶ
κλύοιμ' ἐχίδνης, ἥ μ' ἔθηκεν ὧδ' ἄπουν.

que Troia não decai se Filoctetes
recusar-se a trocar a ilha onde
habita pelo campo de batalha.
À previsão de Heleno, o Laertíade
prometeu resgatar e apresentar 615
aos aqueus o aludido, preferindo
proceder com diplomacia, e usar
de força só em caso de fracasso:
"Decepem-me a cabeça, se eu falhar!"
Não tenho nada a acrescentar. Fugir 620
é o melhor para ti e a quem mais queiras.

FILOCTETES
A encarnação da perniciosidade
prometeu convencer-me a retornar?
Do mesmo modo, morto, aceitarei
voltar, qual Sísifo, seu pai, do Hades![39] 625

MERCADOR
Disso não sei, mas torno ao barco: "deuses" —
eis meu clamor! — "encaminhai seus passos!"

[Saem o mercador e o marinheiro]

FILOCTETES
Não é estarrecedor que o Laertíade
imagine que irá me expor a aqueus,
usando de prosápia, em seu batel? 630
Prefiro ouvir a antagonista-mor,
a serpe algoz. Mas condição não falta

---

[39] Conforme nota anterior, o verdadeiro pai de Odisseu seria Sísifo, de acordo com narrativas difusas.

ἀλλ' ἔστ' ἐκείνῳ πάντα λεκτά, πάντα δὲ
τολμητά· καὶ νῦν οἶδ' ὁθούνεχ' ἵξεται.
ἀλλ', ὦ τέκνον, χωρῶμεν, ὡς ἡμᾶς πολὺ 635
πέλαγος ὁρίζῃ τῆς Ὀδυσσέως νεώς.
ἴωμεν· ἥ τοι καίριος σπουδὴ πόνου
λήξαντος ὕπνον κἀνάπαυλαν ἤγαγεν.

ΝΕΟΠΤΟΛΕΜΟΣ
οὐκοῦν ἐπειδὰν πνεῦμα τοὐκ πρῴρας ἀνῇ,
τότε στελοῦμεν· νῦν γὰρ ἀντιοστατεῖ. 640

ΦΙΛΟΚΤΗΤΗΣ
ἀεὶ καλὸς πλοῦς ἔσθ', ὅταν φεύγῃς κακά.

ΝΕΟΠΤΟΛΕΜΟΣ
οὔκ, ἀλλὰ κἀκείνοισι ταῦτ' ἐναντία.

ΦΙΛΟΚΤΗΤΗΣ
οὐκ ἔστι λῃσταῖς πνεῦμ' ἐναντιούμενον,
ὅταν παρῇ κλέψαι τι χἀρπάσαι βίᾳ.

ΝΕΟΠΤΟΛΕΜΟΣ
ἀλλ' εἰ δοκεῖ, χωρῶμεν, ἔνδοθεν λαβὼν 645
ὅτου σε χρεία καὶ πόθος μάλιστ' ἔχει.

ΦΙΛΟΚΤΗΤΗΣ
ἀλλ' ἔστιν ὧν δεῖ, καίπερ οὐ πολλῶν ἄπο.

ΝΕΟΠΤΟΛΕΜΟΣ
τί τοῦθ' ὃ μὴ νεώς γε τῆς ἐμῆς ἔπι;

para dizer e ousar o que bem queira.
Não tenho dúvidas de que virá.
Vamos, menino! O pélago gigante 635
se interponha entre nossa nau e a dele!
Se é oportuna, a pressa traz a paz
da sonolência, assim que o apuro passa!

NEOPTÓLEMO
Tão logo amaine o vendaval de proa,
agora contra nós, daqui zarpamos. 640

FILOCTETES
Todo vento é favônio, se o mal ronda!

NEOPTÓLEMO
Não esse, que também os prejudica.

FILOCTETES
Pirata não escolhe vento quando
vislumbra roubo ou rapto à mão armada.

NEOPTÓLEMO
Se insistes em partir, recolhe os bens 645
que tenhas na caverna e o que mais queiras!

FILOCTETES
Do pouco que possuo, há coisas úteis.

NEOPTÓLEMO
Algo que eu já não traga no navio?

ΦΙΛΟΚΤΗΤΗΣ

φύλλον τί μοι πάρεστιν, ᾧ μάλιστ' ἀεὶ
κοιμῶ τόδ' ἕλκος, ὥστε πραΰνειν πάνυ.   650

ΝΕΟΠΤΟΛΕΜΟΣ

ἀλλ' ἔκφερ' αὐτό. τί γὰρ ἔτ' ἄλλ' ἐρᾷς λαβεῖν;

ΦΙΛΟΚΤΗΤΗΣ

εἴ μοί τι τόξων τῶνδ' ἀπημελημένον
παρερρύηκεν, ὡς λίπω μή τῳ λαβεῖν.

ΝΕΟΠΤΟΛΕΜΟΣ

ἦ ταῦτα γὰρ τὰ κλεινὰ τόξ' ἃ νῦν ἔχεις;

ΦΙΛΟΚΤΗΤΗΣ

ταῦτ', οὐ γὰρ ἄλλ' ἔστ', ἀλλ' ἃ βαστάζω χεροῖν.   655

ΝΕΟΠΤΟΛΕΜΟΣ

ἆρ' ἔστιν ὥστε κἀγγύθεν θέαν λαβεῖν
καὶ βαστάσαι με προσκύσαι θ' ὥσπερ θεόν;

ΦΙΛΟΚΤΗΤΗΣ

σοί γ', ὦ τέκνον, καὶ τοῦτο κἄλλο τῶν ἐμῶν
ὁποῖον ἄν σοι ξυμφέρῃ γενήσεται.

ΝΕΟΠΤΟΛΕΜΟΣ

καὶ μὴν ἐρῶ γε· τὸν δ' ἔρωθ' οὕτως ἔχω·   660
εἴ μοι θέμις, θέλοιμ' ἄν· εἰ δὲ μή, πάρες.

ΦΙΛΟΚΤΗΤΗΣ

ὅσιά τε φωνεῖς ἔστι τ', ὦ τέκνον, θέμις,
ὅς γ' ἡλίου τόδ' εἰσορᾶν ἐμοὶ φάος

FILOCTETES
A planta que mitiga a dor que sinto,
sedativo eficaz contra a gangrena.   650

NEOPTÓLEMO
Pois vai buscá-la! Trazes algo mais?

FILOCTETES
Verei se não deixei cair alguma
flecha, pois ninguém mais deve retê-la.

NEOPTÓLEMO
Mas é o famoso arco o que transportas?

FILOCTETES
É exatamente o arco que resguardo.   655

NEOPTÓLEMO
Permites que o examine mais de perto,
que o idolatre — um deus! — em minhas mãos?

FILOCTETES
Às ordens, meu rapaz, e tudo mais
que seja meu e tenha serventia!

NEOPTÓLEMO
Limitam-me os ditames do direito.   660
Se houver algum senão, eu me contenho!

FILOCTETES
Teu tom solene, filho, me conquista;
quem mais me devolveu a luz do sol,

μόνος δέδωκας, ὃς χθόν' Οἰταίαν ἰδεῖν,
ὃς πατέρα πρέσβυν, ὃς φίλους, ὃς τῶν ἐμῶν 665
ἐχθρῶν μ' ἔνερθεν ὄντ' ἀνέστησας πέρα.
θάρσει, παρέσται ταῦτά σοι καὶ θιγγάνειν
καὶ δόντι δοῦναι κἀξεπεύξασθαι βροτῶν
ἀρετῆς ἕκατι τῶνδ' ἐπιψαῦσαι μόνον·
εὐεργετῶν γὰρ καὐτὸς αὔτ' ἐκτησάμην. 670

ΝΕΟΠΤΟΛΕΜΟΣ

οὐκ ἄχθομαί σ' ἰδών τε καὶ λαβὼν φίλον·
ὅστις γὰρ εὖ δρᾶν εὖ παθὼν ἐπίσταται,
παντὸς γένοιτ' ἂν κτήματος κρείσσων φίλος.
χωροῖς ἂν εἴσω.

ΦΙΛΟΚΤΗΤΗΣ

καὶ σέ γ' εἰσάξω· τὸ γὰρ
νοσοῦν ποθεῖ σε ξυμπαραστάτην λαβεῖν. 675

ΧΟΡΟΣ

λόγῳ μὲν ἐξήκουσ', ὄπωπα δ' οὐ μάλα, Estr. 1
τὸν πελάταν λέκτρων ποτὲ [τῶν] Διὸς
[Ἰξίονα] κατ' ἄμπυκα δὴ δρομάδα δέσμιον ὡς ἔβαλεν
παγκρατὴς Κρόνου παῖς· 680

quem mais me permitiu rever o Eta,
quem mais levou-me ao velho pai e amigos, 665
quem mais me soergueu, estando sob
os pés dos adversários? Pega o arco
e o restitui a quem te deu: ninguém
pode tocá-lo além de ti. Orgulha-te!
Eu mesmo o obtive pelo bem que fiz.[40] 670

NEOPTÓLEMO
Cruzar contigo me enche de alegria:
quem retribui com bem o bem logrado
ganha um amigo de valor altíssimo.
Passemos para dentro!

FILOCTETES
    Eu te conduzo;
a moléstia requer um sustentáculo. 675

   [Filoctetes e Neoptólemo entram na gruta]

CORO
Sei por ouvir dizer, não vi eu mesmo, Estr. 1
que Íxion, preso ao eixo de uma roda ágil,
(subira — quase — ao leito do Cronida...),
gira sob o arrojo de Zeus;[41] 680

---

[40] Filoctetes alude ao fato de ter acendido a pira na qual o corpo de Héracles foi incinerado. Em decorrência disso, o herói recebeu o dom de Héracles.

[41] Este é o único estásimo (canto coral inserido entre episódios diferentes) que a peça contém. Íxion teria sido acolhido no Olimpo como suplicante. Contudo, depois de tentar seduzir a esposa de Zeus, Hera, é duramente punido, preso a uma roda ardente que gira no Hades.

ἄλλον δ' οὔτιν' ἔγωγ' οἶδα κλύων οὐδ' ἐσιδὼν μοίρᾳ
τοῦδ' ἐχθίονι συντυχόντα θνατῶν,
ὃς οὔτ' ἔρξας τιν' οὔτε νοσφίσας,
ἀλλ' ἴσος ἐν [γ'] ἴσοις ἀνήρ
ὤλλυθ' ὧδ' ἀναξίως. 685
τόδε [δ' αὖ] θαῦμά μ' ἔχει,
πῶς ποτε πῶς ποτ' ἀμφιπλήκτων
ῥοθίων μόνος κλύων, πῶς
ἆρα πανδάκρυτον οὕτω βιοτὰν κατέσχεν· 690
ἵν' αὐτὸς ἦν πρόσουρος, οὐκ ἔχων βάσιν,   Ant. 1
οὐδέ τιν' ἐγχώρων κακογείτονα,
παρ' ᾧ στόνον ἀντίτυπον [τὸν] βαρυβρῶτ'
  ἀποκλαύσειεν αἱματηρόν· 695
οὐδ' ὃς [τὰν] θερμοτάταν αἱμάδα κηκιομέναν ἑλκέων
ἐνθήρου ποδὸς ἠπίοισι φύλλοις
κατευνάσειεν, εἴ τις ἐμπέσοι,
φορβάδος ἔκ τι γᾶς ἑλών· 700
εἷρπε δ' ἄλλοτ' ἄλλ[αχ]ᾷ
τότ' ἂν εἰλυόμενος,
παῖς ἄτερ ὡς φίλας τιθήνας,
ὅθεν εὐμάρει' ὑπάρχοι πόρου, ἀνίκ' ἐξανείη 705
δακέθυμος ἄτα·
οὐ φορβὰν ἱερᾶς γᾶς σπόρον, οὐκ ἄλλων   Estr. 2
αἴρων τῶν νεμόμεσθ' ἀνέρες ἀλφησταί,
πλὴν ἐξ ὠκυβόλων εἴ ποτε τόξων 710
πτανοῖς ἰοῖς ἀνύσειε γαστρὶ φορβάν.
ὦ μελέα ψυχά,
ὃς μηδ' οἰνοχύτου πώματος ἤσθη δεκέτει χρόνῳ, 715
λεύσσων δ' ὅπου γνοίη στατὸν εἰς ὕδωρ,
ἀεὶ προσενώμα.

mas ignoro, pelo que vi e ouvi,
se, entre os perecíveis, houve um, um único!,
de moira tão amargurante.
Roubou alguém? NÃO! Prejudicou alguém? NÃO!
Símile entre símiles, 685
carpe o imerecido!
Causa-me espécie que, ao rumor
solitário da circumrebentação marinha,
tenha suportado existência assim panlacrimal. 690
Era o mesmo, deserto humano, Ant. 1
confinado ao vazio de passos,
mau vizinho de si,
junto a ninguém ecoa o choro
gravifamélico, sanguinário; 695
junto a ninguém mitiga o jato rubro hipertépido
contínuo da purulência do pé convulso,
com ervas reparadoras, encontráveis em terreno fértil, 700
no caso de espasmo.
Cambaleava por todos os quadrantes,
rastejando feito menino esquecido de ama,
bálsamo ao declínio da corrosiva tortura 705
da psique.
Grãos do humo numinoso que o nutrissem, Estr. 2
nada do que mantém o homem apto,
obteria, não fossem as flechas aladas, ágeis de seu arco,
encontrarem o repasto de seu ventre. 710
Triste ânima! Um decênio sem a degustação
do vinho — uma copa única! —, 715
circunscrito à poça estática que, roteando o terreno,
descobria.

(Filoctetes e Neoptólemo retornam à cena)

νῦν δ' ἀνδρῶν ἀγαθῶν παιδὸς ὑπαντήσας   Ant. 2
εὐδαίμων ἀνύσει καὶ μέγας ἐκ κείνων·   720
ὅς νιν ποντοπόρῳ δούρατι, πλήθει
πολλῶν μηνῶν, πατρίαν ἄγει πρὸς αὐλὰν
Μηλιάδων νυμφᾶν   725
Σπερχειοῦ τε παρ' ὄχθας, ἵν' ὁ χάλκασπις ἀνὴρ θεοῖς
πλάθει θεὸς θείῳ πυρὶ παμφαής,
Οἴτας ὑπὲρ ὄχθων.

ΝΕΟΠΤΟΛΕΜΟΣ
ἕρπ', εἰ θέλεις. τί δή ποθ' ὧδ' ἐξ οὐδενὸς   730
λόγου σιωπᾷς κἀπόπληκτος ὧδ' ἔχει;

ΦΙΛΟΚΤΗΤΗΣ
ἆ, ἆ, ἆ, ἆ.

ΝΕΟΠΤΟΛΕΜΟΣ
τί ἔστιν;

ΦΙΛΟΚΤΗΤΗΣ
     οὐδὲν δεινόν· ἀλλ' ἴθ', ὦ τέκνον.

ΝΕΟΠΤΟΛΕΜΟΣ
μῶν ἄλγος ἴσχεις τῆς παρεστώσης νόσου;

Eis que agora se depara com filho de gente nobre; Ant. 2
seu futuro se acende, magno, depois de tudo: 720
meses, meses, meses...
e, em nau sulcadora,
Neoptólemo o devolve à terra natal,
à mansão das ninfas malíadas,   725
às fímbrias do Espérquio!
Foi onde o herói,[42] com seu broquel de bronze,
panluzente, flâmeodivino,
na cumeeira do Eta,
remontou aos deuses, todos eles!

NEOPTÓLEMO
Se quiseres, avança! O que se passa?   730
Pareces uma estátua, de tão tácito!

FILOCTETES
Ai!

NEOPTÓLEMO
Algum problema?

FILOCTETES
   Nada de mais. Prossegue, filho!

NEOPTÓLEMO
O incômodo provém da chaga aberta?

---

[42] Referência a Héracles, de quem Filoctetes recebeu o arco. Segundo Apolodoro (II, 7, 14), quando ardeu a pira onde o corpo de Héracles fora colocado, ocorreu uma forte tempestade, prenúncio da acolhida do personagem no Olimpo.

ΦΙΛΟΚΤΗΤΗΣ
οὐ δῆτ᾽ ἔγωγ᾽, ἀλλ᾽ ἄρτι κουφίζειν δοκῶ. 735
ὦ θεοί.

ΝΕΟΠΤΟΛΕΜΟΣ
   τί τοὺς θεοὺς ὧδ᾽ ἀναστένων καλεῖς;

ΦΙΛΟΚΤΗΤΗΣ
σωτῆρας αὐτοὺς ἠπίους θ᾽ ἡμῖν μολεῖν.
ἆ, ἆ, ἆ, ἆ.

ΝΕΟΠΤΟΛΕΜΟΣ
τί ποτε πέπονθας; οὐκ ἐρεῖς, ἀλλ᾽ ὧδ᾽ ἔσῃ 740
σιγηλός; ἐν κακῷ δέ τῳ φαίνῃ κυρῶν.

ΦΙΛΟΚΤΗΤΗΣ
ἀπόλωλα, τέκνον, κοὐ δυνήσομαι κακὸν
κρύψαι παρ᾽ ὑμῖν, ἀτταταῖ· διέρχεται,
διέρχεται. δύστηνος, ὦ τάλας ἐγώ.
ἀπόλωλα, τέκνον· βρύκομαι, τέκνον· παπαῖ, 745
ἀπαππαπαῖ, παπᾶ παπᾶ παπᾶ παπαῖ.
πρὸς θεῶν, πρόχειρον εἴ τί σοι, τέκνον, πάρα
ξίφος χεροῖν, πάταξον εἰς ἄκρον πόδα·
ἀπάμησον ὡς τάχιστα· μὴ φείσῃ βίου.
ἴθ᾽, ὦ παῖ. 750

ΝΕΟΠΤΟΛΕΜΟΣ
τί δ᾽ ἔστιν οὕτω νεοχμὸν ἐξαίφνης, ὅτου
τοσήνδ᾽ ἰυγὴν καὶ στόνον σαυτοῦ ποῇ;

FILOCTETES
Não. Creio já sentir um certo alívio.
Oh, deuses!

NEOPTÓLEMO
    Por que invocar os deuses com lamúrias?

FILOCTETES
Para deles obter a proteção.
Ai!

NEOPTÓLEMO
Sofres o quê? Por que não falas nada?
É óbvio que uma crise te acomete.

FILOCTETES
Sou um morto-vivo, filho! Não consigo
ocultar o que sinto! Ai! Me rói,
transrói! Quanta infelicidade, filho!
Sou um morto-vivo, devorado, filho!
Ai! Ai!
Se tiveres, menino, espada à mão,
mira meu pé, pelos deuses,
amputa-o logo, todo ele, dá fim à vida,
garoto, agora!

NEOPTÓLEMO
Um surto te vitima, responsável
por uivos e lamentos por ti mesmo?

ΦΙΛΟΚΤΗΤΗΣ
οἶσθ', ὦ τέκνον.

ΝΕΟΠΤΟΛΕΜΟΣ
τί ἔστιν;

ΦΙΛΟΚΤΗΤΗΣ
οἶσθ', ὦ παῖ.

ΝΕΟΠΤΟΛΕΜΟΣ
τί σοί;
οὐκ οἶδα.

ΦΙΛΟΚΤΗΤΗΣ
πῶς οὐκ οἶσθα; παππαπαππαπαῖ.

ΝΕΟΠΤΟΛΕΜΟΣ
δεινόν γε τοὐπίσαγμα τοῦ νοσήματος.   755

ΦΙΛΟΚΤΗΤΗΣ
δεινὸν γὰρ οὐδὲ ῥητόν· ἀλλ' οἴκτιρέ με.

ΝΕΟΠΤΟΛΕΜΟΣ
τί δῆτα δράσω;

ΦΙΛΟΚΤΗΤΗΣ
μή με ταρβήσας προδῷς·
ἥκει γὰρ αὕτη διὰ χρόνου, πλάνοις ἴσως
ὡς ἐξεπλήσθη.

ΝΕΟΠΤΟΛΕΜΟΣ
ἰὼ ἰὼ δύστηνε σύ,

FILOCTETES
Sabes, menino!

NEOPTÓLEMO
Sei o quê?

FILOCTETES
Sabes, ó filho!

NEOPTÓLEMO
O que tens,
eu não sei!

FILOCTETES
Como não sabes? Ai, eu sofro um baque!

NEOPTÓLEMO
Como é pesado o fardo da moléstia! 755

FILOCTETES
Um fardo além-linguagem! Vai! Me ajuda!

NEOPTÓLEMO
Fazendo o quê?

FILOCTETES
Não me vires as costas por temor!
De há muito ela visita-me, quem sabe
entediada de errar por senda incerta...

NEOPTÓLEMO
Na verdade, pareces,

δύστηνε δῆτα διὰ πόνων πάντων φανείς. 760
βούλει λάβωμαι δῆτα καὶ θίγω τί σου;

ΦΙΛΟΚΤΗΤΗΣ

μὴ δῆτα τοῦτό γ'· ἀλλά μοι τὰ τόξ' ἑλὼν
τάδ', ὥσπερ ἤτοῦ μ' ἀρτίως, ἕως ἀνῇ
τὸ πῆμα τοῦτο τῆς νόσου τὸ νῦν παρόν, 765
σῷζ' αὐτὰ καὶ φύλασσε. λαμβάνει γὰρ οὖν
ὕπνος μ', ὅταν περ τὸ κακὸν ἐξίῃ τόδε·
κοὐκ ἔστι λῆξαι πρότερον· ἀλλ' ἐᾶν χρεὼν
ἕκηλον εὕδειν. ἢν δὲ τῷδε τῷ χρόνῳ
μόλωσ' ἐκεῖνοι, πρὸς θεῶν ἐφίεμαι 770
ἑκόντα μηδ' ἄκοντα μηδέ τῳ τέχνῃ
κείνοις μεθεῖναι ταῦτα, μὴ σαυτόν θ' ἅμα
κἄμ', ὄντα σαυτοῦ πρόστροπον, κτείνας γένῃ.

ΝΕΟΠΤΟΛΕΜΟΣ

θάρσει προνοίας οὕνεκ'· οὐ δοθήσεται
πλὴν σοί τε κἀμοί· ξὺν τύχῃ δὲ πρόσφερε. 775

ΦΙΛΟΚΤΗΤΗΣ

ἰδοὺ δέχου, παῖ· τὸν φθόνον δὲ πρόσκυσον,
μή σοι γενέσθαι πολύπον' αὐτά, μηδ' ὅπως
ἐμοί τε καὶ τῷ πρόσθ' ἐμοῦ κεκτημένῳ.

pareces imergir num turbilhão! 760
Não queres que te ampare? Eis minha mão!

FILOCTETES

Não necessito. Até que o surto ceda,
empunha o arco! Não era o que há pouco
solicitavas? Dele toma conta
com máximo cuidado. O sono assoma 765
depois que o espasmo passa. A dor não cessa
anteriormente. Deverei dormir
em paz. Se os gregos chegam no entretempo,
não permitas que peguem o arco — imploro! —,
nem por bem, nem por mal, de modo algum, 770
a fim de que não sejas o assassino
de ti mesmo e de mim. Eu te suplico![43]

NEOPTÓLEMO

Fica despreocupado, que ninguém
terá teu arco. Auguro um bom agouro! 775

FILOCTETES

Segura firme, filho! Clama à Invídia[44]
que ele não seja pluridoloroso,
como foi para o ex-dono, além de mim.

---

[43] Duas interpretações possíveis para o trecho: a) se desse o arco a outro, Neoptólemo seria punido pelos deuses por trair um suplicante; b) o mercador afirmou anteriormente que os gregos pretendiam também capturar Neoptólemo.

[44] A Inveja (Invídia) dos deuses em relação aos homens é tema recorrente na Antiguidade. Decorreria dos momentos fugazes de extrema felicidade experimentada pelos homens. Esse estado de plenitude seria malvisto pelos deuses, que o tinham como prerrogativa sua.

ΝΕΟΠΤΟΛΕΜΟΣ
ὦ θεοί, γένοιτο ταῦτα νῷν· γένοιτο δὲ
πλοῦς οὔριός τε κεὐσταλὴς ὅποι ποτὲ 780
θεὸς δικαιοῖ χὠ στόλος πορσύνεται.

ΦΙΛΟΚΤΗΤΗΣ
ἆ ἆ ἆ ἆ.
δέδοικα [δ'], ὦ παῖ, μὴ ἀτελὴς εὐχὴ [τύχῃ].
στάζει γὰρ αὖ μοι φοίνιον τόδ' ἐκ βυθοῦ
κηκῖον αἷμα, καί τι προσδοκῶ νέον.
παπαῖ, φεῦ. 785
παπαῖ μάλ', ὦ πούς, οἷά μ' ἐργάσει κακά.
προσέρπει,
προσέρχεται τόδ' ἐγγύς. οἴμοι μοι τάλας.
ἔχετε τὸ πρᾶγμα· μὴ φύγητε μηδαμῇ.
ἀτταταῖ. 790
ὦ ξένε Κεφαλλήν, εἴθε σοῦ διαμπερὲς
στέρνων ἔχοιτ' ἄλγησις ἥδε. φεῦ, παπαῖ,
παπαῖ μάλ' αὖθις. ὦ διπλοῖ στρατηλάται,
Ἀγάμεμνον, ὦ Μενέλαε, πῶς ἂν ἀντ' ἐμοῦ
τὸν ἴσον χρόνον τρέφοιτε τήνδε τὴν νόσον; 795
ὤμοι μοι.
ὦ Θάνατε Θάνατε, πῶς ἀεὶ καλούμενος
οὕτω κατ' ἦμαρ, οὐ δύνῃ μολεῖν ποτε;
ὦ τέκνον, ὦ γενναῖον, ἀλλὰ συλλαβὼν
τῷ Λημνίῳ τῷδ' ἀνακαλουμένῳ πυρὶ 800
ἔμπρησον, ὦ γενναῖε· κἀγώ τοί ποτε
τὸν τοῦ Διὸς παῖδ' ἀντὶ τῶνδε τῶν ὅπλων,
ἃ νῦν σὺ σῴζεις, τοῦτ' ἐπηξίωσα δρᾶν.

NEOPTÓLEMO

Deuses, levai a cabo o que ele roga
e o cruzeiro se dê de vento em popa   780
por onde o deus consinta e a viagem finde!

FILOCTETES

Ai! Ai! Ai! Ai!
Temo não se cumprir o que ora pedes:
de novo a chaga funda verte o sangue
rubro, pressinto que algo novo ocorra.
Ai!   785
Que males, pés, ainda guardarás?
Sobresserpeia,
sobreinsinua-se aqui. Ai, infeliz!
Ficai aqui! Sabeis do que se trata!
Ai!   790
Estranho cefalênio...[45] se este espasmo
entrasse em teu esterno... Ai! Ai! Ai!
De novo, mais! Se ao menos Menelau
e Agamêmnon, os chefes, se por tempo
idêntico, sofrêsseis esta doença!   795
Oh!
Tânatos! Tânatos! Por que não vens
a quem, de sol a sol, sempre te invoca?
Nobre moço, me toma em tuas mãos,
que este fogo de Lemnos me incendeie!   800
Também eu certa vez, em troca destas
armas que agora guardas tão atento,
fiz algo semelhante a um deus olímpio.

---

[45] Como já foi anotado, referência a Odisseu, cujo reino envolvia as ilhas cefalênias.

τί φής, παῖ;
τί φής; τί σιγᾷς; ποῦ ποτ' ὤν, τέκνον, κυρεῖς; 805

ΝΕΟΠΤΟΛΕΜΟΣ
ἀλγῶ πάλαι δὴ τἀπὶ σοὶ στένων κακά.

ΦΙΛΟΚΤΗΤΗΣ
ἀλλ', ὦ τέκνον, καὶ θάρσος ἴσχ'· ὡς ἥδε μοι
ὀξεῖα φοιτᾷ καὶ ταχεῖ' ἀπέρχεται.
ἀλλ' ἀντιάζω, μή με καταλίπῃς μόνον.

ΝΕΟΠΤΟΛΕΜΟΣ
θάρσει, μενοῦμεν. 810

ΦΙΛΟΚΤΗΤΗΣ
            ἦ μενεῖς;

ΝΕΟΠΤΟΛΕΜΟΣ
            σαφῶς φρόνει.

ΦΙΛΟΚΤΗΤΗΣ
οὐ μήν σ' ἔνορκόν γ' ἀξιῶ θέσθαι, τέκνον.

ΝΕΟΠΤΟΛΕΜΟΣ
ὡς οὐ θέμις γ' ἐμοῦστι σοῦ μολεῖν ἄτερ.

ΦΙΛΟΚΤΗΤΗΣ
ἔμβαλλε χειρὸς πίστιν.

ΝΕΟΠΤΟΛΕΜΟΣ
            ἐμβάλλω μενεῖν.

Não falas nada?
Por que te calas, onde estás, meu filho? 805

NEOPTÓLEMO
Não é de agora que me compadeço.

FILOCTETES
Coragem, filho, pois a crise aguda,
assim como desponta, some rápido!
Não permitas que eu fique aqui sozinho!

NEOPTÓLEMO
Não temas: nós ficamos! 810

FILOCTETES
    Posso confiar?

NEOPTÓLEMO
        Não tenhas dúvida!

FILOCTETES
Obrigar-te a jurar seria injusto.

NEOPTÓLEMO
Seria um erro eu zarpar sozinho.

FILOCTETES
Promete, mão à frente!

NEOPTÓLEMO
    Estendo-a: ficarei!

ΦΙΛΟΚΤΗΤΗΣ
ἐκεῖσε νῦν μ', ἐκεῖσε —

ΝΕΟΠΤΟΛΕΜΟΣ
    ποῖ λέγεις;

ΦΙΛΟΚΤΗΤΗΣ
      ἄνω —

ΝΕΟΠΤΟΛΕΜΟΣ
τί παραφρονεῖς αὖ; τί τὸν ἄνω λεύσσεις κύκλον; 815

ΦΙΛΟΚΤΗΤΗΣ
μέθες μέθες με.

ΝΕΟΠΤΟΛΕΜΟΣ
  ποῖ μεθῶ;

ΦΙΛΟΚΤΗΤΗΣ
    μέθες ποτέ.

ΝΕΟΠΤΟΛΕΜΟΣ
οὔ φημ' ἐάσειν.

ΦΙΛΟΚΤΗΤΗΣ
   ἀπό μ' ὀλεῖς, ἢν προσθίγῃς.

ΝΕΟΠΤΟΛΕΜΟΣ
καὶ δὴ μεθίημ', εἴ τι δὴ πλέον φρονεῖς.

FILOCTETES
Aonde... agora... me... onde?

NEOPTÓLEMO
    Aonde? O que dizes?

FILOCTETES
       Acima.

NEOPTÓLEMO
Surtas? Por que mirar o círculo celeste?   815

FILOCTETES
Deixa-me, deixa-me!

NEOPTÓLEMO
    Deixar-te onde?

FILOCTETES
       Apenas deixa-me!

NEOPTÓLEMO
Afirmo que é impossível.

FILOCTETES
    Um simples toque teu me arruína.

NEOPTÓLEMO
Se estás mais lúcido, te soltarei.

ΦΙΛΟΚΤΗΤΗΣ
ὦ γαῖα, δέξαι θανάσιμόν μ' ὅπως ἔχω·
τὸ γὰρ κακὸν τόδ' οὐκέτ' ὀρθοῦσθαί μ' ἐᾷ.   820

ΝΕΟΠΤΟΛΕΜΟΣ
τὸν ἄνδρ' ἔοικεν ὕπνος οὐ μακροῦ χρόνου
ἕξειν· κάρα γὰρ ὑπτιάζεται τόδε·
ἱδρώς γέ τοί νιν πᾶν καταστάζει δέμας,
μέλαινά τ' ἄκρου τις παρέρρωγεν ποδὸς
αἱμορραγὴς φλέψ. ἀλλ' ἐάσωμεν, φίλοι,   825
ἕκηλον αὐτόν, ὡς ἂν εἰς ὕπνον πέσῃ.

ΧΟΡΟΣ
Ὕπν' ὀδύνας ἀδαής, Ὕπνε δ' ἀλγέων,   Estr.
εὐαὴς ἡμῖν ἔλθοις, εὐαίων,
εὐαίων, ὦναξ·
ὄμμασι δ' ἀντίσχοις   830
τάνδ' αἴγλαν, ἃ τέταται τανῦν.
ἴθι ἴθι μοι παιών.
ὦ τέκνον, ὅρα ποῦ στάσῃ,
ποῖ δὲ βάσῃ,
πῶς δέ μοι τἀντεῦθεν
φροντίδος. ὁρᾷς ἤδη.   835
πρὸς τί μενοῦμεν πράσσειν;
καιρός τοι πάντων γνώμαν ἴσχων
[πολύ τι] πολὺ παρὰ πόδα κράτος ἄρνυται.

FILOCTETES
Ó Geia-Terra, engole quem morreu!
A chaga tira o chão do pé! Vertigem! 820

NEOPTÓLEMO
Parece sucumbir à morbidez
do sono: a testa já reclina, o suor
embebe-lhe a epiderme, a artéria negra
rebenta-se no extremo de seu pé.
O melhor a fazer agora, amigos, 825
é deixar que mergulhe em doce sono.

CORO
Sono, avesso ao desassossego, Estr.
Sono, adverso ao sestro sinistro,
assoma, solícito sopro,
supra, solícito!
Sustém nas retinas 830
a luz, serena luz difusa
agora, sus!,
susta o dissabor!
Filho, observa teu posicionamento,
onde moves teus passos,
qual o teor do que devo pensar. 835
Já vislumbras...
Algo justifica o retardo da ação?
Kairós, instante propício, de tudo tem discrímen,
mantém, nas borduras de seus pés, o poderio, todo ele,
em sua magnitude!

ΝΕΟΠΤΟΛΕΜΟΣ
ἀλλ' ὅδε μὲν κλύει οὐδέν, ἐγὼ δ' ὁρῶ οὕνεκα θήραν
τήνδ' ἁλίως ἔχομεν τόξων, δίχα τοῦδε πλέοντες. 840
τοῦδε γὰρ ὁ στέφανος, τοῦτον θεὸς εἶπε κομίζειν.
κομπεῖν δ' ἔστ' ἀτελῆ σὺν ψεύδεσιν αἰσχρὸν ὄνειδος.

ΧΟΡΟΣ
ἀλλά, τέκνον, τάδε μὲν θεὸς ὄψεται· Ant.
ὧν δ' ἂν κἀμείβῃ μ' αὖθις,
βαιάν μοι, βαιάν, ὦ τέκνον, 845
πέμπε λόγων φήμαν·
ὡς πάντων ἐν νόσῳ εὐδρακὴς
ὕπνος ἄϋπνος λεύσσειν.
ἀλλ' ὅ τι δύνᾳ μάκιστον,
κεῖνο [δή] μοι, κεῖνό [μοι] λαθραίως 850
ἐξιδοῦ ὅπως πράξεις.
οἶσθα γὰρ ὧν αὐδῶμαι·
εἰ ταύτᾳ τούτῳ γνώμαν ἴσχεις,
μάλα τοι ἄπορα πυκινοῖς ἐνιδεῖν πάθη.
οὖρός τοι, τέκνον, οὖρος· Ep. 855
ἀνὴρ δ' ἀνόμματος, οὐδ' ἔχων
ἀρωγάν, ἐκτέταται νύχιος,
ἀλεὴς ὕπνος ἐσθλός,
οὐ χερός, οὐ ποδός, οὔ τινος ἄρχων, 860
ἀλλά τις ὡς Ἀίδᾳ πάρα κείμενος.
ὅρα, βλέπ' εἰ καίρια
φθέγγῃ· τὸ δ' ἁλώσιμον
ἐμᾷ φροντίδι, παῖ,
πόνος ὁ μὴ φοβῶν κράτιστος.

NEOPTÓLEMO

Nada nos ouve, mas não tem valor reter
o arco sem ele. Nos venceu! O deus foi claro: 840
devia ser levado a bordo. O orgulho
pelo que não foi feito é vergonhoso!

CORO

Quem sabe disso é o deus, meu filho!   Ant.
Abaixa o tom de voz, menino, usa
um tom mais baixo ao tecer teu comentário,   845
pois o sono insone de um enfermo
está sempre atento...
Mas examina bem aquilo
(sabes a que me refiro com "aquilo"),
examina o que hás de fazer (aquilo!),   850
como o faria um gatuno...
Se, cabeça dura, não mudas de opinião,
os sensatos terão razão
na previsão que fazem: graves serão os guais!
O vento nos favorece, favônio vento!   Ep.   855
O homem prega os olhos,
vulnerável em sua penumbra
(o sono da sesta é soporífero):
mãos, pés, nada domina,
feito alguém em decúbito nos ínferos.   860
Vira e revira teus argumentos,
vê se têm cabimento:
até onde chega meu pensamento, menino,
melhor é ir no certo,
onde o temor é mínimo.

ΝΕΟΠΤΟΛΕΜΟΣ

σιγᾶν κελεύω, μηδ' ἀφεστάναι φρενῶν· 865
κινεῖ γὰρ ἀνὴρ ὄμμα κἀνάγει κάρα.

ΦΙΛΟΚΤΗΤΗΣ

ὦ φέγγος ὕπνου διάδοχον, τό τ' ἐλπίδων
ἄπιστον οἰκούρημα τῶνδε τῶν ξένων.
οὐ γάρ ποτ', ὦ παῖ, τοῦτ' ἂν ἐξηύχησ' ἐγώ,
τλῆναί σ' ἐλεινῶς ὧδε τἀμὰ πήματα 870
μεῖναι παρόντα καὶ ξυνωφελοῦντά μοι.
οὔκουν Ἀτρεῖδαι τοῦτ' ἔτλησαν εὐφόρως
οὕτως ἐνεγκεῖν, ἀγαθοὶ στρατηλάται.
ἀλλ' εὐγενὴς γὰρ ἡ φύσις κἀξ εὐγενῶν,
ὦ τέκνον, ἡ σή, πάντα ταῦτ' ἐν εὐχερεῖ 875
ἔθου, βοῆς τε καὶ δυσοσμίας γέμων.
καὶ νῦν ἐπειδὴ τοῦδε τοῦ κακοῦ δοκεῖ
λήθη τις εἶναι κἀνάπαυλα δή, τέκνον,
σύ μ' αὐτὸς ἆρον, σύ με κατάστησον, τέκνον,
ἵν', ἡνίκ' ἂν κόπος μ' ἀπαλλάξῃ ποτέ, 880
ὁρμώμεθ' ἐς ναῦν μηδ' ἐπίσχωμεν τὸ πλεῖν.

ΝΕΟΠΤΟΛΕΜΟΣ

ἀλλ' ἥδομαι μέν σ' εἰσιδὼν παρ' ἐλπίδα
ἀνώδυνον βλέποντα κἀμπνέοντ' ἔτι·
ὡς οὐκέτ' ὄντος γὰρ τὰ συμβόλαιά σου
πρὸς τὰς παρούσας ξυμφορὰς ἐφαίνετο. 885
νῦν δ' αἶρε σαυτόν· εἰ δέ σοι μᾶλλον φίλον,
οἴσουσί σ' οἵδε· τοῦ πόνου γὰρ οὐκ ὄκνος,
ἐπείπερ οὕτω σοί τ' ἔδοξ' ἐμοί τε δρᾶν.

NEOPTÓLEMO

Psiu! Silêncio! Não quero ouvir tolices; 865
o herói entreabre os olhos e ergue a testa.

FILOCTETES

Luz, sucessora de *hipnos*! Ó guarida
inesperada desses alienígenas!
Descria de que suportarias, menino,
assistir-me com tanto empenho, enquanto 870
eu padecia. Piedade assim é rara!
De igual solicitude careceram
os atridas; que exemplos na chefia!
Tal pai, tal filho: a natureza nobre
de um no outro se refaz. Embora farto 875
dos gritos e do odor, não foste embora.
Aproveitemos, filho, este momento
de trégua, em que meu mal se me esqueceu
(ao que parece), para levantar-me
com tua ajuda e assim, já sem tontura, 880
buscarmos o navio! Não tarde o embarque!

NEOPTÓLEMO

Que júbilo notar que já não sofres,
que pulsas normalmente, pois, há pouco,
os sintomas nos davam a impressão
de que do surto a morte avizinhava! 885
Fica em pé, ou preferes que eles cuidem
do teu transporte? Não relutarão
em realizar o que julgarmos bom.

ΦΙΛΟΚΤΗΤΗΣ
αἰνῶ τάδ', ὦ παῖ, καί μ' ἔπαιρ', ὥσπερ νοεῖς·
τούτους δ' ἔασον, μὴ βαρυνθῶσιν κακῇ 890
ὀσμῇ πρὸ τοῦ δέοντος· οὑπὶ νηὶ γὰρ
ἅλις πόνος τούτοισι συνναίειν ἐμοί.

ΝΕΟΠΤΟΛΕΜΟΣ
ἔσται τάδ'· ἀλλ' ἴστω τε καὐτὸς ἀντέχου.

ΦΙΛΟΚΤΗΤΗΣ
θάρσει· τό τοι σύνηθες ὀρθώσει μ' ἔθος.

ΝΕΟΠΤΟΛΕΜΟΣ
παπαῖ· τί δῆτ' [ἂν] δρῷμ' ἐγὼ τοὐνθένδε γε; 895

ΦΙΛΟΚΤΗΤΗΣ
τί δ' ἔστιν, ὦ παῖ; ποῖ ποτ' ἐξέβης λόγῳ;

ΝΕΟΠΤΟΛΕΜΟΣ
οὐκ οἶδ' ὅπῃ χρὴ τἄπορον τρέπειν ἔπος.

ΦΙΛΟΚΤΗΤΗΣ
ἀπορεῖς δὲ τοῦ σύ; μὴ λέγ', ὦ τέκνον, τάδε.

ΝΕΟΠΤΟΛΕΜΟΣ
ἀλλ' ἐνθάδ' ἤδη τοῦδε τοῦ πάθους κυρῶ.

ΦΙΛΟΚΤΗΤΗΣ
οὐ δή σε δυσχέρεια τοῦ νοσήματος 900
ἔπεισεν ὥστε μή μ' ἄγειν ναύτην ἔτι;

FILOCTETES
Sou grato, jovem, basta levantar-me.
Melhor poupá-los, pois sobeja o tempo   890
de convivência com o cheiro fétido
quando embarcarmos. Disso hão de cansar-se...

NEOPTÓLEMO
Como quiseres, mas apoia em mim!

FILOCTETES
Sei como proceder; não te preocupes!

NEOPTÓLEMO
Ai! Como irei me comportar agora?   895

FILOCTETES
Perdeste o rumo, filho, das palavras?

NEOPTÓLEMO
Ignoro aonde encaminho a linguagem.

FILOCTETES
Perdeste a diretriz? Não digas isso!

NEOPTÓLEMO
Me abate o estado de perplexidade.

FILOCTETES
Não terá sido o asco da moléstia   900
que te induziu a não levar-me ao barco?

ΝΕΟΠΤΟΛΕΜΟΣ

ἅπαντα δυσχέρεια, τὴν αὑτοῦ φύσιν
ὅταν λιπών τις δρᾷ τὰ μὴ προσεικότα.

ΦΙΛΟΚΤΗΤΗΣ

ἀλλ' οὐδὲν ἔξω τοῦ φυτεύσαντος σύ γε
δρᾷς οὐδὲ φωνεῖς, ἐσθλὸν ἄνδρ' ἐπωφελῶν. 905

ΝΕΟΠΤΟΛΕΜΟΣ

αἰσχρὸς φανοῦμαι· τοῦτ' ἀνιῶμαι πάλαι.

ΦΙΛΟΚΤΗΤΗΣ

οὔκουν ἐν οἷς γε δρᾷς· ἐν οἷς δ' αὐδᾷς ὀκνῶ.

ΝΕΟΠΤΟΛΕΜΟΣ

ὦ Ζεῦ, τί δράσω; δεύτερον ληφθῶ κακός,
κρύπτων θ' ἃ μὴ δεῖ καὶ λέγων αἴσχιστ' ἐπῶν;

ΦΙΛΟΚΤΗΤΗΣ

ἀνὴρ ὅδ', εἰ μὴ 'γὼ κακὸς γνώμων ἔφυν, 910
προδούς μ' ἔοικε κἀκλιπὼν τὸν πλοῦν στελεῖν.

ΝΕΟΠΤΟΛΕΜΟΣ

λιπὼν μὲν οὐκ ἔγωγε, λυπηρῶς δὲ μὴ
πέμπω σε μᾶλλον, τοῦτ' ἀνιῶμαι πάλαι.

ΦΙΛΟΚΤΗΤΗΣ

τί ποτε λέγεις, ὦ τέκνον; ὡς οὐ μανθάνω.

ΝΕΟΠΤΟΛΕΜΟΣ

οὐδέν σε κρύψω· δεῖ γὰρ ἐς Τροίαν σε πλεῖν 915
πρὸς τοὺς Ἀχαιοὺς καὶ τὸν Ἀτρειδῶν στόλον.

NEOPTÓLEMO
Se se refuga a própria natureza,
se se age contra ela, o asco impera!

FILOCTETES
O que fazes e dizes é coerente
com teu pai, pois socorres o homem bom. 905

NEOPTÓLEMO
O que parecerei me aturde: um verme!

FILOCTETES
Teu feito não me inquieta, mas tua fala.

NEOPTÓLEMO
Zeus, como agir? Dirão de novo: "trais",
falando o vil, calando o que não devo?

FILOCTETES
Este homem, se não desatino, vai 910
me atraiçoar, me recusando o mar!

NEOPTÓLEMO
O que me aflige não é te deixar,
mas dolorosamente te levar...

FILOCTETES
Articulas palavras sem sentido.

NEOPTÓLEMO
Nada te escondo: deves navegar 915
comigo a Ílion, para a armada atrida.

ΦΙΛΟΚΤΗΤΗΣ
οἴμοι, τί εἶπας;

ΝΕΟΠΤΟΛΕΜΟΣ
    μὴ στέναζε, πρὶν μάθῃς.

ΦΙΛΟΚΤΗΤΗΣ
ποῖον μάθημα; τί με νοεῖς δρᾶσαί ποτε;

ΝΕΟΠΤΟΛΕΜΟΣ
σῶσαι κακοῦ μὲν πρῶτα τοῦδ', ἔπειτα δὲ
ξὺν σοὶ τὰ Τροίας πεδία πορθῆσαι μολών.   920

ΦΙΛΟΚΤΗΤΗΣ
καὶ ταῦτ' ἀληθῆ δρᾶν νοεῖς;

ΝΕΟΠΤΟΛΕΜΟΣ
     πολλὴ κρατεῖ
τούτων ἀνάγκη· καὶ σὺ μὴ θυμοῦ κλύων.

ΦΙΛΟΚΤΗΤΗΣ
ἀπόλωλα τλήμων, προδέδομαι. τί μ', ὦ ξένε,
δέδρακας; ἀπόδος ὡς τάχος τὰ τόξα μοι.

ΝΕΟΠΤΟΛΕΜΟΣ
ἀλλ' οὐχ οἷόν τε· τῶν γὰρ ἐν τέλει κλύειν   925
τό τ' ἔνδικόν με καὶ τὸ συμφέρον ποεῖ.

ΦΙΛΟΚΤΗΤΗΣ
ὦ πῦρ σὺ καὶ πᾶν δεῖμα καὶ πανουργίας
δεινῆς τέχνημ' ἔχθιστον, οἷά μ' εἰργάσω,

FILOCTETES
Será que ouvi direito?

NEOPTÓLEMO
   Antes de eu me explicar, não te lamentes!

FILOCTETES
Mas explicar o quê? Qual é tua meta?

NEOPTÓLEMO
Primeiro te livrar do mal e então
destruir contigo o território troico.   920

FILOCTETES
É o que pretendes mesmo?

NEOPTÓLEMO
   Necessidade enorme
preme. Deves me ouvir sem te irritares!

FILOCTETES
Estou perdido, fui traído! O que
fizeste, forasteiro? Dá-me o arco!

NEOPTÓLEMO
Impossível! Justiça e conveniência   925
induzem-me a acatar quem me chefia.

FILOCTETES
Ó chama, pluri-horripilância, ardil
da mais tétrica felonia, o que

οἷ' ἠπάτηκας· οὐδ' ἐπαισχύνει μ' ὁρῶν
τὸν προστρόπαιον, τὸν ἱκέτην, ὦ σχέτλιε; 930
ἀπεστέρηκας τὸν βίον τὰ τόξ' ἑλών.
ἀπόδος, ἱκνοῦμαί σ', ἀπόδος, ἱκετεύω, τέκνον·
πρὸς θεῶν πατρῴων, τὸν βίον με μὴ ἀφέλῃ.
ὤμοι τάλας. ἀλλ' οὐδὲ προσφωνεῖ μ' ἔτι,
ἀλλ' ὡς μεθήσων μήποθ', ὧδ' ὁρᾷ πάλιν. 935
ὦ λιμένες, ὦ προβλῆτες, ὦ ξυνουσίαι
θηρῶν ὀρείων, ὦ καταρρῶγες πέτραι,
ὑμῖν τάδ', οὐ γὰρ ἄλλον οἶδ' ὅτῳ λέγω,
ἀνακλαίομαι παροῦσι τοῖς εἰωθόσιν,
οἷ' ἔργ' ὁ παῖς μ' ἔδρασεν οὑξ Ἀχιλλέως· 940
ὀμόσας ἀπάξειν οἴκαδ', ἐς Τροίαν μ' ἄγει·
προσθείς τε χεῖρα δεξιάν, τὰ τόξα μου
ἱερὰ λαβὼν τοῦ Ζηνὸς Ἡρακλέους ἔχει,
καὶ τοῖσιν Ἀργείοισι φήνασθαι θέλει·
ὡς ἄνδρ' ἑλὼν ἰσχυρὸν ἐκ βίας μ' ἄγει, 945
κοὐκ οἶδ' ἐναίρων νεκρόν, ἢ καπνοῦ σκιάν,
εἴδωλον ἄλλως· οὐ γὰρ ἂν σθένοντά γε
εἷλέν μ'· ἐπεὶ οὐδ' ἂν ὧδ' ἔχοντ', εἰ μὴ δόλῳ.
νῦν δ' ἠπάτημαι δύσμορος. τί χρή με δρᾶν;
[ἀλλ'] ἀπόδος· ἀλλὰ νῦν ἔτ' ἐν σαυτῷ γενοῦ. 950
τί φής; σιωπᾷς; οὐδέν εἰμ' ὁ δύσμορος.
ὦ σχῆμα πέτρας δίπυλον, αὖθις αὖ πάλιν
εἴσειμι πρὸς σὲ ψιλός, οὐκ ἔχων τροφήν·
ἀλλ' αὐανοῦμαι τῷδ' ἐν αὐλίῳ μόνος,
οὐ πτηνὸν ὄρνιν, οὐδὲ θῆρ' ὀρειβάτην 955
τόξοις ἐναίρων τοισίδ', ἀλλ' αὐτὸς τάλας
θανὼν παρέξω δαῖτ' ἀφ' ὧν ἐφερβόμην,
καί μ' οὓς ἐθήρων πρόσθε θηράσουσι νῦν·
φόνον φόνου δὲ ῥύσιον τείσω τάλας
πρὸς τοῦ δοκοῦντος οὐδὲν εἰδέναι κακόν. 960

fizeste? Como me enganaste? Não
te envergonha me ver prostrado e súplice? 930
Roubas meu arco, me aviltando a vida!
Ouve meu rogo e me devolve, filho!
Não me tires a vida, pelos deuses!
Sequer contesta, mas desvia a vista,
convicto em seu cinismo! Que tristeza! 935
Ancoradouros, promontórios, feras
amigas grimpa acima, pedras íngremes,
— a quem mais poderia recorrer? —,
vilipendio, presenças rotineiras,
a obra iníqua da cria vil de Aquiles! 940
Jurou levar-me ao lar, conduz-me a Troia.
Selou comigo um pacto e agora furta-me
o arco sagrado de Héracles olímpio
e ainda vai querer mostrá-lo a argivos!
Me arrasta, como herói viril no arresto, 945
sem ver que ultraja um morto, sombra fúmea,
fantasma apenas. Fosse o ás de outrora...
Não fora o ardil, não o teria feito!
O que fazer, submisso ao ludibrio?
Devolve-o! Torna a ser quem antes eras! 950
Não falas nada, tácito? É o meu fim!
Ó pétreo arcabouço duplientrável,
sem lastro e sem comida eis-me de novo,
consumo-me a mim mesmo só na gruta,
sem ter com que matar a ave no céu 955
e a fera montaraz. Serei repasto
do que me alimentava anteriormente,
os caçados de outrora hão de caçar-me;
pago com minha vida a vida deles,
obra de alguém com jeito de inocente. 960

ὄλοιο — μή πω, πρὶν μάθοιμ' εἰ καὶ πάλιν
γνώμην μετοίσεις· εἰ δὲ μή, θάνοις κακῶς.

ΧΟΡΟΣ

τί δρῶμεν; ἐν σοὶ καὶ τὸ πλεῖν ἡμᾶς, ἄναξ,
ἤδη 'στὶ καὶ τοῖς τοῦδε προσχωρεῖν λόγοις.

ΝΕΟΠΤΟΛΕΜΟΣ

ἐμοὶ μὲν οἶκτος δεινὸς ἐμπέπτωκέ τις   965
τοῦδ' ἀνδρὸς οὐ νῦν πρῶτον, ἀλλὰ καὶ πάλαι.

ΦΙΛΟΚΤΗΤΗΣ

ἐλέησον, ὦ παῖ, πρὸς θεῶν, καὶ μὴ παρῇς
σαυτοῦ βροτοῖς ὄνειδος, ἐκκλέψας ἐμέ.

ΝΕΟΠΤΟΛΕΜΟΣ

οἴμοι, τί δράσω; μή ποτ' ὤφελον λιπεῖν
τὴν Σκῦρον· οὕτω τοῖς παροῦσιν ἄχθομαι.   970

ΦΙΛΟΚΤΗΤΗΣ

οὐκ εἶ κακὸς σύ, πρὸς κακῶν δ' ἀνδρῶν μαθὼν
ἔοικας ἥκειν αἰσχρά· νῦν δ' ἄλλοισι δοὺς
οἷς εἰκὸς ἔκπλει, τἄμ' ἐμοὶ μεθεὶς ὅπλα.

ΝΕΟΠΤΟΛΕΜΟΣ

τί δρῶμεν, ἄνδρες;

ΟΔΥΣΣΕΥΣ

     ὦ κάκιστ' ἀνδρῶν, τί δρᾷς;
οὐκ εἶ μεθεὶς τὰ τόξα ταῦτ' ἐμοὶ πάλιν;   975

Sucumbe! Ainda não! Diz se não mudas
de ideia! Não? Pois morras feito pústula!

CORO

O que fazer, senhor? De ti depende
o embarque! Cederemos ao que fala?

NEOPTÓLEMO

Não é de agora que ele em mim desperta 965
a mais desconcertante piedade.

FILOCTETES

Sê pio, menino, pelo Olimpo! Evita
a pecha de traidor de Filoctetes!

NEOPTÓLEMO

Como agirei? Quisera nunca ter
deixado Ciro! Quanto isso me oprime! 970

FILOCTETES

Não és canalha; ouso afirmar que adotas
as instruções da corja de canalhas.
Deixa que o façam! Dá-me o arco e parte!

NEOPTÓLEMO

O que faremos, homens?

*[Odisseu entra repentinamente, acompanhado
de dois marinheiros. Dirige-se a Neoptólemo]*

ODISSEU

    O que fazes, abjeto?
Podes sumir, depois de eu ter esse arco! 975

ΦΙΛΟΚΤΗΤΗΣ
οἴμοι, τίς ἀνήρ; ἆρ' Ὀδυσσέως κλύω;

ΟΔΥΣΣΕΥΣ
Ὀδυσσέως, σάφ' ἴσθ', ἐμοῦ γ', ὃν εἰσορᾷς.

ΦΙΛΟΚΤΗΤΗΣ
οἴμοι· πέπραμαι κἀπόλωλ'· ὅδ' ἦν ἄρα
ὁ ξυλλαβών με κἀπονοσφίσας ὅπλων.

ΟΔΥΣΣΕΥΣ
ἐγώ, σάφ' ἴσθ', οὐκ ἄλλος· ὁμολογῶ τάδε. 980

ΦΙΛΟΚΤΗΤΗΣ
ἀπόδος, ἄφες μοι, παῖ, τὰ τόξα.

ΟΔΥΣΣΕΥΣ
                        τοῦτο μέν,
οὐδ' ἢν θέλῃ, δράσει ποτ'· ἀλλὰ καὶ σὲ δεῖ
στείχειν ἅμ' αὐτοῖς, ἢ βίᾳ στελοῦσί σε.

ΦΙΛΟΚΤΗΤΗΣ
ἔμ', ὦ κακῶν κάκιστε καὶ τολμήστατε,
οἵδ' ἐκ βίας ἄξουσιν; 985

ΟΔΥΣΣΕΥΣ
              ἢν μὴ ἔρπῃς ἑκών.

FILOCTETES

Não pode ser! Meu deus! Ouço Odisseu?[46]

ODISSEU

Sim, é Odisseu quem vês, em carne e osso.

FILOCTETES

Ai! Fui vendido! É o meu fim! Então
foi o larápio que me sequestrou?

ODISSEU

Exatamente eu e mais ninguém!   980

FILOCTETES

Filho, devolve o arco ao dono!

ODISSEU

    Nem se quiser,
fará o que solicitas.[47] Também vens
com o armamento, à força, se resistes.

FILOCTETES

Campeão em sordidez! Seu desgraçado!
Serei forçado a ir?   985

ODISSEU

    Se não facilitares...

---

    [46] Note-se que, após dez anos, Filoctetes reconhece imediatamente Odisseu pela voz.

    [47] Odisseu responde em lugar de Neoptólemo, que se mantém calado na cena, comportamento que acentua o caráter dramático do episódio.

ΦΙΛΟΚΤΗΤΗΣ
ὦ Λημνία χθὼν καὶ τὸ παγκρατὲς σέλας
Ἡφαιστότευκτον, ταῦτα δῆτ' ἀνασχετά,
εἴ μ' οὗτος ἐκ τῶν σῶν ἀπάξεται βίᾳ;

ΟΔΥΣΣΕΥΣ
Ζεύς ἐσθ', ἵν' εἰδῇς, Ζεύς, ὁ τῆσδε γῆς κρατῶν,
Ζεύς, ᾧ δέδοκται ταῦθ'· ὑπηρετῶ δ' ἐγώ.   990

ΦΙΛΟΚΤΗΤΗΣ
ὦ μῖσος, οἷα κἀξανευρίσκεις λέγειν·
θεοὺς προτείνων τοὺς θεοὺς ψευδεῖς τίθης.

ΟΔΥΣΣΕΥΣ
οὔκ, ἀλλ' ἀληθεῖς. ἡ δ' ὁδὸς πορευτέα.

ΦΙΛΟΚΤΗΤΗΣ
οὔ φημ'.

ΟΔΥΣΣΕΥΣ
      ἐγὼ δέ φημι. πειστέον τάδε.

ΦΙΛΟΚΤΗΤΗΣ
οἴμοι τάλας. ἡμᾶς μὲν ὡς δούλους σαφῶς   995
πατὴρ ἄρ' ἐξέφυσεν οὐδ' ἐλευθέρους.

ΟΔΥΣΣΕΥΣ
οὔκ, ἀλλ' ὁμοίους τοῖς ἀρίστοισιν, μεθ' ὧν
Τροίαν σ' ἑλεῖν δεῖ καὶ κατασκάψαι βίᾳ.

FILOCTETES

Como aceitar que ele me arraste, ó ínsula
de Lemnos, fogaréu amplirreinante,
manufatura-heféstia, para a nau?

ODISSEU

Zeus — não sabes? —, foi Zeus, amplirreinante,
foi Zeus quem decidiu. O sigo à risca. 990

FILOCTETES

Torpe, proferes só patranhas! Serves-te
dos deuses para endeusar milongas!

ODISSEU

Verdades, pois hás de cumprir a viagem!

FILOCTETES

Digo que não!

ODISSEU

    Digo que sim! Aceitarás!

FILOCTETES

Constato que meu pai não teve um filho 995
soberano, mas que gerou um fâmulo!

ODISSEU

Alguém da envergadura dos melhores,
com quem hás de arrasar a priâmea pólis.

ΦΙΛΟΚΤΗΤΗΣ
οὐδέποτέ γ'· οὐδ' ἢν χρῇ με πᾶν παθεῖν κακόν,
ἕως γ' ἂν ᾖ μοι γῆς τόδ' αἰπεινὸν βάθρον. 1.000

ΟΔΥΣΣΕΥΣ
τί δ' ἐργασείεις;

ΦΙΛΟΚΤΗΤΗΣ
     κρᾶτ' ἐμὸν τόδ' αὐτίκα
πέτρᾳ πέτρας ἄνωθεν αἱμάξω πεσών.

ΟΔΥΣΣΕΥΣ
ξυλλάβετον αὐτόν· μὴ 'πὶ τῷδ' ἔστω τάδε.

ΦΙΛΟΚΤΗΤΗΣ
ὦ χεῖρες, οἷα πάσχετ' ἐν χρείᾳ φίλης
νευρᾶς, ὑπ' ἀνδρὸς τοῦδε συνθηρώμεναι. 1.005
ὦ μηδὲν ὑγιὲς μηδ' ἐλεύθερον φρονῶν,
οἷ' αὖ μ' ὑπῆλθες, ὥς μ' ἐθηράσω, λαβὼν
πρόβλημα σαυτοῦ παῖδα τόνδ' ἀγνῶτ' ἐμοί,
ἀνάξιον μὲν σοῦ, κατάξιον δ' ἐμοῦ,
ὃς οὐδὲν ᾔδει πλὴν τὸ προσταχθὲν ποεῖν, 1.010
δῆλος δὲ καὶ νῦν ἐστιν ἀλγεινῶς φέρων
οἷς τ' αὐτὸς ἐξήμαρτεν οἷς τ' ἐγὼ 'παθον.
ἀλλ' ἡ κακὴ σὴ διὰ μυχῶν βλέπουσ' ἀεὶ
ψυχή νιν ἀφυῆ τ' ὄντα κοὐ θέλονθ' ὅμως
εὖ προὐδίδαξεν ἐν κακοῖς εἶναι σοφόν. 1.015

FILOCTETES
Enquanto houver o abismo, sustentáculo
da ilha, nunca, mesmo que eu padeça! 1.000

ODISSEU
Que pretendes fazer?

FILOCTETES
    Ensanguentar minha cabeça,
pedra abaixo, nas pedras lá de baixo!

ODISSEU
Alguém o enlace e impeça que ele o faça!

FILOCTETES
Quanto padecimento, mãos, carentes
do nervo do arco, e agora aprisionadas! 1.005
Teu pensamento é doente e escravizado!
Vens na surdina, usando como escudo
um moço que eu desconhecia, digno
de mim, mas não de ti, para prender-me.
Nada sabendo, ele cumpria ordens, 1.010
e é óbvio que padece amargamente
pelo prejuízo que sua *hamartia* — erro
erro[48] grave! — me impõe. Mas tua ânima
perversa, escrutadora do mais íntimo,
o ensina a ser sapiente em sordidez 1.015
e o desnatura e inverte o seu querer.

---

[48] Filoctetes, ao chamar a atenção para o "erro" (*hamartia*, em grego) de Neoptólemo, tenta influenciá-lo. Não por acaso, esse termo será retomado pelo filho de Aquiles no final da tragédia.

καὶ νῦν ἔμ', ὦ δύστηνε, συνδήσας νοεῖς
ἄγειν ἀπ' ἀκτῆς τῆσδ', ἐν ᾗ με προυβάλου
ἄφιλον ἔρημον ἄπολιν, ἐν ζῶσιν νεκρόν.
φεῦ.
ὄλοιο· καίτοι πολλάκις τόδ' ηὐξάμην.
ἀλλ' οὐ γὰρ οὐδὲν θεοὶ νέμουσιν ἡδύ μοι, 1.020
σὺ μὲν γέγηθας ζῶν, ἐγὼ δ' ἀλγύνομαι
τοῦτ' αὔθ', ὅτι ζῶ σὺν κακοῖς πολλοῖς τάλας,
γελώμενος πρὸς σοῦ τε καὶ τῶν Ἀτρέως
διπλῶν στρατηγῶν, οἷς σὺ ταῦθ' ὑπηρετεῖς.
καίτοι σὺ μὲν κλοπῇ τε κἀνάγκῃ ζυγεὶς 1.025
ἔπλεις ἅμ' αὐτοῖς, ἐμὲ δὲ τὸν πανάθλιον,
ἑκόντα πλεύσανθ' ἑπτὰ ναυσὶ ναυβάτην,
ἄτιμον ἔβαλον, ὡς σὺ φῄς, κεῖνοι δὲ σέ.
καὶ νῦν τί μ' ἄγετε; τί μ' ἀπάγεσθε; τοῦ χάριν;
ὃς οὐδέν εἰμι καὶ τέθνηχ' ὑμῖν πάλαι. 1.030
πῶς, ὦ θεοῖς ἔχθιστε, νῦν οὐκ εἰμί σοι
χωλός, δυσώδης; πῶς θεοῖς ἔξεσθ', ὁμοῦ
πλεύσαντος, αἴθειν ἱερά; πῶς σπένδειν ἔτι;
αὕτη γὰρ ἦν σοι πρόφασις ἐκβαλεῖν ἐμέ.
κακῶς ὄλοισθ'· ὀλεῖσθε δ' ἠδικηκότες 1.035
τὸν ἄνδρα τόνδε, θεοῖσιν εἰ δίκης μέλει.
ἔξοιδα δ' ὡς μέλει γ'· ἐπεὶ οὔποτ' ἂν στόλον
ἐπλεύσατ' ἂν τόνδ' οὕνεκ' ἀνδρὸς ἀθλίου,
εἰ μή τι κέντρον θεῖον ἦγ' ὑμᾶς ἐμοῦ.
ἀλλ', ὦ πατρῴα γῆ θεοί τ' ἐπόψιοι, 1.040
τείσασθε τείσασθ' ἀλλὰ τῷ χρόνῳ ποτὲ
ξύμπαντας αὐτούς, εἴ τι κἄμ' οἰκτίρετε·
ὡς ζῶ μὲν οἰκτρῶς, εἰ δ' ἴδοιμ' ὀλωλότας
τούτους, δοκοῖμ' ἂν τῆς νόσου πεφευγέναι.

Almejas me levar da praia, preso,
aonde solitário, sem amigo,
sem pátria me deixaste, um morto-vivo?
Ai!
Não é de agora que te auguro a morte!
Prazer nenhum os deuses me doaram, 1.020
e enquanto vives gargalhando, eu sofro
em vida a proliferação de horrores,
pífios ao teu olhar e ao desses dois
atridas, a quem dizes "sim" e "sim"!
Jungido por necessidade e astúcia, 1.025
com eles navegaste, e a mim, que pus
no mar as sete naus sem ser mandado,
me humilham, tu culpando a dupla e vice-
-versa. Com qual intuito me levais?
Sou um zero à esquerda, um morto para aqueus. 1.030
Deixei de ser o coxo fedorento,
ó ser que o deus odeia? Se eu embarco,
como sacrificais e delibais,
pretexto com o qual me abandonastes?
Se os deuses se interessam por justiça, 1.035
que todos morram pelo que foi feito!
E o interesse é claro: não viríeis
por um ninguém, não fora o aguilhão
divino conduzir-vos até mim.
Ó terra ancestre, deuses panvisivos, 1.040
puni, puni, ainda que tarde, a todos
de uma só vez, se a voz do justo é audível!
A minha vida é um lixo, mas me curo
dos surtos só de vê-los moribundos!

ΧΟΡΟΣ

βαρύς τε καὶ βαρεῖαν ὁ ξένος φάτιν 1.045
τήνδ' εἶπ', Ὀδυσσεῦ, κοὐχ ὑπείκουσαν κακοῖς.

ΟΔΥΣΣΕΥΣ

πόλλ' ἂν λέγειν ἔχοιμι πρὸς τὰ τοῦδ' ἔπη,
εἴ μοι παρείκοι· νῦν δ' ἑνὸς κρατῶ λόγου.
οὗ γὰρ τοιούτων δεῖ, τοιοῦτός εἰμ' ἐγώ·
χὤπου δικαίων κἀγαθῶν ἀνδρῶν κρίσις, 1.050
οὐκ ἂν λάβοις μου μᾶλλον οὐδέν' εὐσεβῆ.
νικᾶν γε μέντοι πανταχοῦ χρῄζων ἔφυν,
πλὴν εἰς σέ· νῦν δὲ σοί γ' ἑκὼν ἐκστήσομαι.
ἄφετε γὰρ αὐτὸν, μηδὲ προσψαύσητ' ἔτι·
ἐᾶτε μίμνειν. οὐδὲ σοῦ προσχρῄζομεν, 1.055
τά γ' ὅπλ' ἔχοντες ταῦτ'· ἐπεὶ πάρεστι μὲν
Τεῦκρος παρ' ἡμῖν, τήνδ' ἐπιστήμην ἔχων,
ἐγώ θ', ὃς οἶμαι σοῦ κάκιον οὐδὲν ἂν
τούτων κρατύνειν, μηδ' ἐπιθύνειν χερί.
τί δῆτα σοῦ δεῖ; χαῖρε τὴν Λῆμνον πατῶν· 1.060
ἡμεῖς δ' ἴωμεν· καὶ τάχ' ἂν τὸ σὸν γέρας
τιμὴν ἐμοὶ νείμειεν, ἣν σὲ χρῆν ἔχειν.

ΦΙΛΟΚΤΗΤΗΣ

οἴμοι· τί δράσω δύσμορος; σὺ τοῖς ἐμοῖς
ὅπλοισι κοσμηθεὶς ἐν Ἀργείοις φανῇ;

ΟΔΥΣΣΕΥΣ

μή μ' ἀντιφώνει μηδέν, ὡς στείχοντα δή. 1.065

CORO

Esse maliano é duro e duro o que   1.045
nos diz. Nem no revés é maleável!

ODISSEU

Muito teria a refutar, se o tempo
não premisse; por isso sintetizo:
eu danço — um camaleão — conforme a música.
Num teste por alguém correto e bom,   1.050
não há quem me anteceda em escrúpulo.
Nasci com sede de vencer em tudo,
exceto a ti, com quem não me conflito.
Deixai-o, não toqueis um dedo nele!
És totalmente dispensável, só   1.055
necessitamos do teu armamento,
pois Teucro é ótimo no tirocínio,[49]
e eu, modéstia à parte, atrás de ti
não ficaria ao apontar um alvo.
Não fazes falta! Anda ao léu em Lemnos!   1.060
Partimos; logo o teu tesouro há
de dar-me os prêmios que te caberiam.

FILOCTETES

O que farei? Desfilas entre argivos
te pavoneando com meu armamento?

ODISSEU

Não fales mais comigo! Estou partindo.   1.065

---

[49] Teucro, arqueiro exímio, aparece na *Ilíada*, VIII, 266 ss.; XIII, 313-4. Na *Odisseia* (VIII, 219-20), Odisseu afirma que só Filoctetes o superava no manuseio do arco.

ΦΙΛΟΚΤΗΤΗΣ

ὦ σπέρμ' Ἀχιλλέως, οὐδὲ σοῦ φωνῆς ἔτι
γενήσομαι προσφθεγκτός, ἀλλ' οὕτως ἄπει;

ΟΔΥΣΣΕΥΣ

χώρει σύ· μὴ πρόσλευσσε, γενναῖός περ ὤν,
ἡμῶν ὅπως μὴ τὴν τύχην διαφθερεῖς.

ΦΙΛΟΚΤΗΤΗΣ

ἦ καὶ πρὸς ὑμῶν ὧδ' ἔρημος, ὦ ξένοι, 1.070
λειφθήσομαι δὴ κοὐκ ἐποικτερεῖτέ με;

ΧΟΡΟΣ

ὅδ' ἐστὶν ἡμῶν ναυκράτωρ ὁ παῖς· ὅσ' ἂν
οὗτος λέγῃ σοι, ταῦτά σοι χἠμεῖς φαμέν.

ΝΕΟΠΤΟΛΕΜΟΣ

ἀκούσομαι μὲν ὡς ἔφυν οἴκτου πλέως
πρὸς τοῦδ'· ὅμως δὲ μείνατ', εἰ τούτῳ δοκεῖ, 1.075
χρόνον τοσοῦτον, εἰς ὅσον τά τ' ἐκ νεὼς
στείλωσι ναῦται καὶ θεοῖς εὐξώμεθα.
χοὖτος τάχ' ἂν φρόνησιν ἐν τούτῳ λάβοι
λῴω τιν' ἡμῖν. νὼ μὲν οὖν ὁρμώμεθον,
ὑμεῖς δ', ὅταν καλῶμεν, ὁρμᾶσθαι ταχεῖς. 1.080

ΦΙΛΟΚΤΗΤΗΣ

ὦ κοίλας πέτρας γύαλον Estr. 1
θερμὸν καὶ παγετῶδες, ὡς
σ' οὐκ ἔμελλον ἄρ', ὦ τάλας,
λείψειν οὐδέποτ', ἀλλά μοι

FILOCTETES
Neoptólemo, também partes assim,
sem pronunciar sequer um monossílabo?

ODISSEU
Caminha sem mirá-lo: tua nobreza
pode pôr a perder o bom desfecho!

FILOCTETES
Também permitireis que eu fique só, 1.070
estrangeiros? Não tendes compaixão?

CORO
O jovem encabeça nossa nau;
só cumprimos à risca o que ele dita.

NEOPTÓLEMO
Dele ouvirei que minha natureza
é piedosa. Se lhe apraz, ficai 1.075
o tempo necessário de os marujos
ultimarem o embarque e orarmos todos.
Quem sabe no entretempo não nos tenha
num conceito melhor. Vamos nós dois,
mas não vos demoreis ao meu chamado! 1.080

[Saem Odisseu e Neoptólemo]

FILOCTETES
Ó concavidade pétrea, Estr. 1
tépida e glacial,
não me ausentar daqui jamais —
eis o que a sina determina!
Rumo ao fim que me aniquila,

καὶ θνῄσκοντι συνείσῃ. 1.085
ὤμοι μοί μοι.
ὦ πληρέστατον αὔλιον
λύπας τᾶς ἀπ' ἐμοῦ τάλαν,
τίπτ' αὖ μοι τὸ κατ' ἦμαρ ἔσται;
τοῦ ποτε τεύξομαι 1.090
σιτονόμου μέλεος πόθεν ἐλπίδος;
ἴθ' αἰθέρος ἄνω
πτωκάδες ὀξυτόνου διὰ πνεύματος
ἑλῶσιν. οὐκέτ' ἴσχω.

ΧΟΡΟΣ
σύ τοι σύ τοι κατηξίωσας, 1.095
ὦ βαρύποτμ', οὐκ
ἄλλοθεν ἁ τύχα ἅδ' ἀπὸ μείζονος,
εὖτέ γε παρὸν φρονῆσαι
τοῦ λῴονος δαίμονος εἵλου τὸ κάκιον αἰνεῖν. 1.100

ΦΙΛΟΚΤΗΤΗΣ
ὦ τλάμων τλάμων ἄρ' ἐγὼ Ant. 1
καὶ μόχθῳ λωβατός, ὃς ἤδη μετ' οὐδενὸς ὕστερον
ἀνδρῶν εἰσοπίσω τάλας
ναίων ἐνθάδ' ὀλοῦμαι, 1.105
αἰαῖ αἰαῖ,
οὐ φορβὰν ἔτι προσφέρων,
οὐ πτανῶν ἀπ' ἐμῶν ὅπλων
κραταιαῖς μετὰ χερσὶν 1.110
ἴσχων· ἀλλά μοι ἄσκοπα
κρυπτά τ' ἔπη δολερᾶς ὑπέδυ φρενός·
ἰδοίμαν δέ νιν,
τὸν τάδε μησάμενον, τὸν ἴσον χρόνον
ἐμὰς λαχόντ' ἀνίας. 1.115

terei tua companhia. 1.085
Tristeza!
Ó gruta plena do meu sofrer,
mísera gruta,
qual o transcurso de meus dias? 1.090
De onde esperar o alento do alimento
alguém tão sem valia?
Aves, cujas alas comprimíeis céu acima,
voai à brisa que sibila!
Sucumbe o algoz de outrora.

CORO
A pena do teu pesar dependeu 1.095
de mais alguém?
Um ente mais forte ditou teu destino?
Não foste sábio quando era possível,
preferindo o *dâimon* pior à sorte melhor. 1.100

FILOCTETES
Mísero, um mísero Ant. 1
sob o revés da desventura!
Vislumbro a companhia de ninguém,
eis como me consumo! 1.105
Sem o vigor das mãos que empunhem
flechas plúmeas,
o de-comer escasseia; 1.110
soçobro ao linguajar sinistro
de uma mente sinuosa.
Fora possível admirar
o engenhoso
sofrendo o que padeço
num tempo de extensão idêntica! 1.115

ΧΟΡΟΣ

πότμος, [πότμος] σε δαιμόνων τάδ',
οὐδὲ σέ γε δόλος
ἔσχ' ὑπὸ χειρὸς ἁμᾶς. στυγερὰν ἔχε
δύσποτμον ἀρὰν ἐπ' ἄλλοις. 1.120
καὶ γὰρ ἐμοὶ τοῦτο μέλει, μὴ φιλότητ' ἀπώσῃ.

ΦΙΛΟΚΤΗΤΗΣ

οἴμοι μοι, καί που πολιᾶς Estr. 2
πόντου θινὸς ἐφήμενος,
γελᾷ μου, χερὶ πάλλων 1.125
τὰν ἐμὰν μελέου τροφάν,
τὰν οὐδείς ποτ' ἐβάστασεν.
ὦ τόξον φίλον, ὦ φίλων
χειρῶν ἐκβεβιασμένον,
ἦ που ἐλεινὸν ὁρᾷς, φρένας εἴ τινας 1.130
ἔχεις, τὸν Ἡράκλειον
ἄθλιον ὧδέ σοι
οὐκέτι χρησόμενον τὸ μεθύστερον,
ἄλλου δ' ἐν μεταλλαγᾷ
πολυμηχάνου ἀνδρὸς ἐρέσσῃ, 1.135
ὁρῶν μὲν αἰσχρὰς ἀπάτας,
στυγνὸν τὲ φῶτ' ἐχθοδοπόν,
μυρί' ἀπ' αἰσχρῶν ἀνατέλλονθ'
ὃς ἐφ' ἡμῖν κάκ' ἐμήσατ', ὦ Ζεῦ.

CORO

Os deuses maquinaram teu destino,
não um dolo, fruto de minhas mãos!
Ara — enojo estígio! — descarrega[50]
em outros que não eu!   1.120
Empenho-me em que não rompas nossos vínculos.

FILOCTETES

Acomodando as nádegas   Estr. 2
à orla do oceano cinza,
ri de mim, ao manusear   1.125
a arma do meu sustento,
jamais em punho alheio.
Arco, meu marco,
tolhido de minhas mãos,
com que piedade não vislumbras,   1.130
se a ânima te anima,
o sequaz de Héracles,
a tal ponto infausto
que não te manipula no futuro,
deposto em mãos de um homem
matreiro!   1.135
Testemunhas golpes sinistros,
um tipo estígio e deletério,
males inúmeros à tona,
como os que, contra nós, ele trama!

---

[50] *Ara*, "imprecação", "maldição" (que verti por "enojo", em posição de aposto), aparece frequentemente personificada nas tragédias (p. ex. *Electra*, de Sófocles, v. 111; *Édipo Rei*, v. 418). Mantive o adjetivo "estígio" do original, que possui duplo sentido em grego (de *styks*, infernal, com relação ao rio dos ínferos, e, em decorrência, "nefasto", "horrível", "odioso").

ΧΟΡΟΣ

ἀνδρός τοι τὸ μὲν εὖ δίκαιον εἰπεῖν,　　　　1.140
εἰπόντος δὲ μὴ φθονερὰν
ἐξῶσαι γλώσσας ὀδύναν.
κεῖνος δ᾽ εἷς ἀπὸ πολλῶν
ταχθεὶς τοῦδ᾽ ἐφημοσύνᾳ
κοινὰν ἤνυσεν ἐς φίλους ἀρωγάν.　　　　1.145

ΦΙΛΟΚΤΗΤΗΣ

ὦ πταναὶ θῆραι χαροπῶν τ᾽　　　　Ant. 2
ἔθνη θηρῶν, οὓς ὅδ᾽ ἔχει
χῶρος οὐρεσιβώτας,
φυγᾷ μ᾽ οὐκέτ᾽ ἀπ᾽ αὐλίων
πελᾶτ᾽· οὐ γὰρ ἔχω χεροῖν　　　　1.150
τὰν πρόσθεν βελέων ἀλκάν,
ὦ δύστανος ἐγὼ τανῦν,
ἀλλ᾽ ἀνέδην ὅδε χῶρος ἐρύκεται,
οὐκέτι φοβητὸς ὑμῖν.
ἕρπετε, νῦν καλὸν　　　　1.155
ἀντίφονον κορέσαι στόμα πρὸς χάριν
ἐμᾶς σαρκὸς αἰόλας·
ἀπὸ γὰρ βίον αὐτίκα λείψω.
πόθεν γὰρ ἔσται βιοτά;
τίς ὧδ᾽ ἐν αὔραις τρέφεται,　　　　1.160
μηκέτι μηδενὸς κρατύνων
ὅσα πέμπει βιόδωρος αἶα;

ΧΟΡΟΣ

πρὸς θεῶν, εἴ τι σέβει ξένον, πέλασσον,
εὐνοίᾳ πάσᾳ πελάταν·
ἀλλὰ γνῶθ᾽, εὖ γνῶθ᾽ ἐπὶ σοὶ　　　　1.165

CORO

É do homem falar com retidão,　　　　　　　　1.140
e, se fala, impedir que a língua
cuspa o fel da emulação.
Ele, um entre muitos,
sotoposto ao mando de outro,
foi conclusivo ao beneficiar a comunidade dos seus.　1.145

FILOCTETES

Ó feras etéreas,　　　　　　　　　　　　　Ant. 2
ó feixe de feras olhifúlgidas,
nutridas pelo maná dos píncaros,
motivo para fuga não há, nas cercanias da gruta,　1.150
pois os dardos fenecem
sem que os alcancem estas mãos —
infeliz de mim...
Fraca a defesa das paragens,
paúra não faz sentido!
Avante!　　　　　　　　　　　　　　　1.155
É tempo de saciar, ao belprazer,
as lindas fauces da revanche
em minhas entranhas bruxuleantes.
Tânatos já me espreita —
de onde retiro a fonte de subsistência?
Alguém extrai o de-comer da brisa,　　　　　1.160
na impossibilidade de dispor
das benesses da terra doadora-de-vida?

CORO

Invoco os deuses!
Se é digno de respeito o forasteiro,
aproxima-te de quem se aproximou　　　　　1.165

κῆρα τάνδ' ἀποφεύγειν.
οἰκτρὰ γὰρ βόσκειν, ἀδαὴς δ'
ἔχειν μυρίον ἄχθος ᾧ ξυνοικεῖ.

ΦΙΛΟΚΤΗΤΗΣ
πάλιν πάλιν παλαιὸν
ἄλγημ' ὑπέμνασας, ὦ   1.170
λῷστε τῶν πρὶν ἐντόπων.
τί μ' ὤλεσας; τί μ' εἴργασαι;

ΧΟΡΟΣ
τί τοῦτ' ἔλεξας;

ΦΙΛΟΚΤΗΤΗΣ
                    εἰ σὺ τὰν ἐμοὶ στυγερὰν
Τρῳάδα γᾶν μ' ἤλπισας ἄξειν.   1.175

ΧΟΡΟΣ
τόδε γὰρ νοῶ κράτιστον.

ΦΙΛΟΚΤΗΤΗΣ
ἀπό νύν με λείπετ' ἤδη.

ΧΟΡΟΣ
φίλα μοι, φίλα ταῦτα παρήγγειλας
ἑκόντι τε πράσσειν.
ἴωμεν ἴωμεν   1.180
ναὸς ἵν' ἡμῖν τέτακται.

com a melhor das intenções,
não sem antes pesar, sopesar a situação:
está em ti fugir das Ceres, Malditas!
Apascentá-las é tolice,
alheio à dimensão do fardo de seu convívio.

FILOCTETES
Insistes, insistes em relembrar
a agrura que me agride, 1.170
ó primor que me visita!
Por que pisas em mim?
Que dor me impinges?

CORO
O que pretendes me dizer?

FILOCTETES
    Que tens a intenção de remover-me
para Ílion, cidadela estígia! 1.175

CORO
É a melhor solução, admito.

FILOCTETES
Prescindo de tua companhia.

CORO
Dispensa que me deleita:
levo-a a cabo de bom grado!
Rumo à nau! 1.180
Cada qual a seu posto!

ΦΙΛΟΚΤΗΤΗΣ
μή, πρὸς ἀραίου
Διός, ἔλθῃς, ἱκετεύω.

ΧΟΡΟΣ
    μετρίαζ'.

ΦΙΛΟΚΤΗΤΗΣ
ὦ ξένοι,
μείνατε, πρὸς θεῶν.   1.185

ΧΟΡΟΣ
    τί θροεῖς;

ΦΙΛΟΚΤΗΤΗΣ
αἰαῖ αἰαῖ,
δαίμων δαίμων·
ἀπόλωλ' ὁ τάλας·
ὦ πούς, πούς, τί σ' ἔτ' ἐν βίῳ
τεύξω τῷ μετόπιν τάλας;
ὦ ξένοι, ἔλθετ' ἐπήλυδες αὖθις.   1.190

ΧΟΡΟΣ
τί ῥέξοντες ἀλλοκότῳ γνώμᾳ
τῶν πάρος, ὧν προὔφαινες;

FILOCTETES
Por Zeus, suscetível aos malditos,
suplico: permanecei!

CORO
　Mantém o autocontrole!

FILOCTETES
Permanecei, forasteiros,
pelos deuses!　　　　　　　　　　　　　　　1.185

CORO
　A que vêm os gritos?

FILOCTETES
Hélas! *Hélas*![51]
Dâimon, dâimon! Morre um mísero!
Pé! Meu pé! Qual teu préstimo
na vida que me resta?
Voltai, estrangeiros,
retornai!　　　　　　　　　　　　　　　　1.190

CORO
Com qual intuito? Mudaste
em algo o pensamento alardeado?

---

[51] Essa interjeição de lamento francesa encontra-se dicionarizada na língua portuguesa (v. Houaiss). Foi o recurso que encontrei para evitar a repetição prosaica em nossa língua de "Ai! Ai!".

ΦΙΛΟΚΤΗΤΗΣ
οὔτοι νεμεσητὸν
ἀλύοντα χειμερίῳ
λύπᾳ καὶ παρὰ νοῦν θροεῖν.   1.195

ΧΟΡΟΣ
βᾶθί νυν, ὦ τάλαν, ὥς σε κελεύομεν.

ΦΙΛΟΚΤΗΤΗΣ
οὐδέποτ' οὐδέποτ', ἴσθι τόδ' ἔμπεδον,
οὐδ' εἰ πυρφόρος ἀστεροπητὴς
βροντᾶς αὐγαῖς μ' εἶσι φλογίζων.
ἐρρέτω Ἴλιον, οἵ θ' ὑπ' ἐκείνῳ   1.200
πάντες ὅσοι τόδ' ἔτλασαν ἐμοῦ ποδὸς ἄρθρον ἀπῶσαι.
[ἀλλ',] ὦ ξένοι, ἕν γέ μοι εὖχος ὀρέξατε.

ΧΟΡΟΣ
ποῖον ἐρεῖς τόδ' ἔπος;

ΦΙΛΟΚΤΗΤΗΣ
                         ξίφος, εἴ ποθεν,
ἢ γένυν ἢ βελέων τι προπέμψατε.   1.205

ΧΟΡΟΣ
ὡς τίνα [δὴ] ῥέξῃς παλάμαν ποτέ;

ΦΙΛΟΚΤΗΤΗΣ
χρᾶτ' ἀπὸ πάντα καὶ ἄρθρα τέμω χερί·
φονᾷ φονᾷ νόος ἤδη.

FILOCTETES
Não é falta grave
o trom ilógico
de quem tempestua sob o açoite do sofrer!   1.195

CORO
Cede então, infeliz, à nossa diretiva!

FILOCTETES
Jamais! Em tempo algum! Sem chance!
Nem que o porta-fogo lança-raios
me inflame no luzeiro do trovão![52]
Tombe Troia e, com ela, sob seus muros,   1.200
quem ousou refugar-me o pé!
Acolheríeis, ao menos, um pedido meu?

CORO
Que pedido seria?

FILOCTETES
    Poderia obter
espada, acha ou arma congênere?   1.205

CORO
Que plano tens em mente?

FILOCTETES
Talho a cabeça e os demais membros!
O fim, o fim fomento em mim!

---

[52] Filoctetes desafia o próprio Zeus, referido aqui por sua manifestação brilhante, para destacar sua decisão de não ir a Troia.

ΧΟΡΟΣ
τί ποτε;

ΦΙΛΟΚΤΗΤΗΣ
 πατέρα ματεύων.

ΧΟΡΟΣ
ποῖ γᾶς;

ΦΙΛΟΚΤΗΤΗΣ
 ἐς Ἅιδου·
οὐ γάρ [ἐστ'] ἐν φάει γ' ἔτι.
ὦ πόλις, [ὦ] πόλις πατρία,
πῶς ἂν εἰσίδοιμ' ἄθλιός σ' ἀνήρ,
ὅς γε σὰν λιπὼν ἱερὰν
λιβάδ' ἐχθροῖς ἔβαν Δαναοῖς
ἀρωγός· ἔτ' οὐδέν εἰμι.

ΧΟΡΟΣ
ἐγὼ μὲν ἤδη καὶ πάλαι νεὼς ὁμοῦ
στείχων ἂν ἦ σοι τῆς ἐμῆς, εἰ μὴ πέλας
Ὀδυσσέα στείχοντα τόν τ' Ἀχιλλέως
γόνον πρὸς ἡμᾶς δεῦρ' ἰόντ' ἐλεύσσομεν.

ΟΔΥΣΣΕΥΣ
οὐκ ἂν φράσειας ἥντιν' αὖ παλίντροπος
κέλευθον ἕρπεις ὧδε σὺν σπουδῇ ταχύς;

CORO
Por qual motivo? 1.210

FILOCTETES
Para rever meu pai!

CORO
Em que lugar?

FILOCTETES
No Hades,
pois que não mais vislumbra a luz.
Cidadela, cidadela de origem,
fora-me possível contemplar-te,
depois que troquei o sacro veio do Espérquio
pelo auxílio a dânaos danosos! 1.215
Sou nada, nulo nada!

[Filoctetes entra na gruta]

CORO
No que concerne a ti, há muito tempo
eu já estaria em minha embarcação,
não fora o fato de avistar já perto 1.220
de nós Neoptólemo com Odisseu.

[Surgem Odisseu e Neoptólemo]

ODISSEU
Acaso podes me informar por que
retornas para cá com tanta pressa?[53]

---

[53] Como se pode notar, a partir desse verso, ocorre uma reviravolta na relação entre Odisseu e Neoptólemo.

ΝΕΟΠΤΟΛΕΜΟΣ
λύσων ὅσ' ἐξήμαρτον ἐν τῷ πρὶν χρόνῳ.

ΟΔΥΣΣΕΥΣ
δεινόν γε φωνεῖς· ἡ δ' ἁμαρτία τίς ἦν; 1.225

ΝΕΟΠΤΟΛΕΜΟΣ
ἣν σοὶ πιθόμενος τῷ τε σύμπαντι στρατῷ —

ΟΔΥΣΣΕΥΣ
ἔπραξας ἔργον ποῖον ὧν οὔ σοι πρέπον;

ΝΕΟΠΤΟΛΕΜΟΣ
ἀπάταισιν αἰσχραῖς ἄνδρα καὶ δόλοις ἑλών.

ΟΔΥΣΣΕΥΣ
τὸν ποῖον; ὤμοι· μῶν τι βουλεύῃ νέον;

ΝΕΟΠΤΟΛΕΜΟΣ
νέον μὲν οὐδέν, τῷ δὲ Ποίαντος τόκῳ, — 1.230

ΟΔΥΣΣΕΥΣ
τί χρῆμα δράσεις; ὥς μ' ὑπῆλθέ τις φόβος.

ΝΕΟΠΤΟΛΕΜΟΣ
παρ' οὗπερ ἔλαβον τάδε τὰ τόξ', αὖθις πάλιν —

ΟΔΥΣΣΕΥΣ
ὦ Ζεῦ, τί λέξεις; οὔ τί που δοῦναι νοεῖς;

ΝΕΟΠΤΟΛΕΜΟΣ
αἰσχρῶς γὰρ αὐτὰ κοὐ δίκῃ λαβὼν ἔχω.

NEOPTÓLEMO
Só quero reverter meu próprio erro.

ODISSEU
Estou perplexo: que erro cometeste?   1.225

NEOPTÓLEMO
Cedi não só a ti como ao exército.

ODISSEU
O que fizeste indigno de ti mesmo?

NEOPTÓLEMO
Enganei um herói com truques baixos.

ODISSEU
Não quero crer que penses diferente.

NEOPTÓLEMO
Não diferente, mas a Filoctetes...   1.230

ODISSEU
Um frêmito me agita. O que cogitas?

NEOPTÓLEMO
De quem tomei este arco, novamente...

ODISSEU
Oh Zeus! O que dizias? Vais devolvê-lo?

NEOPTÓLEMO
Tê-lo comigo é vergonhoso e injusto.

ΟΔΥΣΣΕΥΣ
πρὸς θεῶν, πότερα δὴ κερτομῶν λέγεις τάδε;   1.235

ΝΕΟΠΤΟΛΕΜΟΣ
εἰ κερτόμησίς ἐστι τἀληθῆ λέγειν.

ΟΔΥΣΣΕΥΣ
τί φῄς, Ἀχιλλέως παῖ; τίν᾽ εἴρηκας λόγον;

ΝΕΟΠΤΟΛΕΜΟΣ
δὶς ταὐτὰ βούλει καὶ τρὶς ἀναπολεῖν μ᾽ ἔπη;

ΟΔΥΣΣΕΥΣ
ἀρχὴν κλύειν ἂν οὐδ᾽ ἅπαξ ἐβουλόμην.

ΝΕΟΠΤΟΛΕΜΟΣ
εὖ νῦν ἐπίστω πάντ᾽ ἀκηκοὼς λόγον.   1.240

ΟΔΥΣΣΕΥΣ
ἔστιν τις, ἔστιν ὅς σε κωλύσει τὸ δρᾶν.

ΝΕΟΠΤΟΛΕΜΟΣ
τί φῄς; τίς ἔσται μ᾽ οὑπικωλύσων τάδε;

ΟΔΥΣΣΕΥΣ
ξύμπας Ἀχαιῶν λαός, ἐν δὲ τοῖς ἐγώ.

ΝΕΟΠΤΟΛΕΜΟΣ
σοφὸς πεφυκὼς οὐδὲν ἐξαυδᾷς σοφόν.

ΟΔΥΣΣΕΥΣ
σὺ δ᾽ οὔτε φωνεῖς οὔτε δρασείεις σοφά.   1.245

ODISSEU
Céus! Pretendes o quê? Brincar comigo?   1.235

NEOPTÓLEMO
Só se falar verdade for brincar.

ODISSEU
Mas que conversa é essa, Aquileu!

NEOPTÓLEMO
Conversa? Então repito o que já disse?

ODISSEU
Ah, se eu não te escutara uma só vez!

NEOPTÓLEMO
Estejas certo de que ouviste tudo.   1.240

ODISSEU
Não faltará um homem que te impeça.

NEOPTÓLEMO
Mas quem tem peito para me enfrentar?

ODISSEU
O contingente aqueu; entre eles, eu.

NEOPTÓLEMO
Não nasceste sagaz? Pois não parece!

ODISSEU
Não és sagaz na ação ou nas palavras.   1.245

ΝΕΟΠΤΟΛΕΜΟΣ
ἀλλ' εἰ δίκαια, τῶν σοφῶν κρείσσω τάδε.

ΟΔΥΣΣΕΥΣ
καὶ πῶς δίκαιον, ἅ γ' ἔλαβες βουλαῖς ἐμαῖς,
πάλιν μεθεῖναι ταῦτα;

ΝΕΟΠΤΟΛΕΜΟΣ
τὴν ἁμαρτίαν
αἰσχρὰν ἁμαρτὼν ἀναλαβεῖν πειράσομαι.

ΟΔΥΣΣΕΥΣ
στρατὸν δ' Ἀχαιῶν οὐ φοβεῖ, πράσσων τάδε;   1.250

ΝΕΟΠΤΟΛΕΜΟΣ
ξὺν τῷ δικαίῳ τὸν σὸν οὐ ταρβῶ [στρατόν.]

ΟΔΥΣΣΕΥΣ
[× — ᴗ — × — ᴗ — × —] φόβον.

ΝΕΟΠΤΟΛΕΜΟΣ
ἀλλ' οὐδέ τοι σῇ χειρὶ πείθομαι τὸ δρᾶν.

ΟΔΥΣΣΕΥΣ
οὔ τἄρα Τρωσίν, ἀλλὰ σοὶ μαχούμεθα.

ΝΕΟΠΤΟΛΕΜΟΣ
ἔστω τὸ μέλλον.

NEOPTÓLEMO
A ação sagaz não vale a ação justíssima!

ODISSEU
E onde há justiça em libertar alguém
preso por meus conselhos?

NEOPTÓLEMO
    Procuro reparar
o erro que cometi e me acomete.

ODISSEU
Não temes o confronto com o exército?   1.250

NEOPTÓLEMO
Não temo, se a justiça me acompanha.

ODISSEU
.... temor.[54]

NEOPTÓLEMO
Nem tua mão me leva a agir assim.

ODISSEU
Pois no lugar de Troia te enfrentamos.

NEOPTÓLEMO
Não se escolhe o futuro.

---

[54] Há uma lacuna no texto original.

ΟΔΥΣΣΕΥΣ

χεῖρα δεξιὰν ὁρᾷς
κώπης ἐπιψαύουσαν;   1.255

ΝΕΟΠΤΟΛΕΜΟΣ

ἀλλὰ κἀμέ τοι
ταὐτὸν τόδ' ὄψει δρῶντα κοὐ μέλλοντ' ἔτι.

ΟΔΥΣΣΕΥΣ

καίτοι σ' ἐάσω· τῷ δὲ σύμπαντι στρατῷ
λέξω τάδ' ἐλθών, ὅς σε τιμωρήσεται.

ΝΕΟΠΤΟΛΕΜΟΣ

ἐσωφρόνησας· κἂν τὰ λοίφ' οὕτω φρονῇς,
ἴσως ἂν ἐκτὸς κλαυμάτων ἔχοις πόδα.   1.260
σὺ δ', ὦ Ποίαντος παῖ, Φιλοκτήτην λέγω,
ἔξελθ', ἀμείψας τάσδε πετρήρεις στέγας.

ΦΙΛΟΚΤΗΤΗΣ

τίς αὖ παρ' ἄντροις θόρυβος ἵσταται βοῆς;
τί μ' ἐκκαλεῖσθε; τοῦ κεχρημένοι, ξένοι;
ὤμοι· κακὸν τὸ χρῆμα. μῶν τί μοι μέγα   1.265
πάρεστε πρὸς κακοῖσι πέμποντες κακόν;

ΝΕΟΠΤΟΛΕΜΟΣ

θάρσει· λόγους δ' ἄκουσον οὓς ἥκω φέρων.

ΦΙΛΟΚΤΗΤΗΣ

δέδοικ' ἔγωγε· καὶ τὰ πρὶν γὰρ ἐκ λόγων
καλῶν κακῶς ἔπραξα, σοῖς πεισθεὶς λόγοις.

ODISSEU

    Vês como toco
a espada com a destra?   1.255

NEOPTÓLEMO

    Podes notar
que já estou prestes a fazer o mesmo.

ODISSEU

Parto, para deixar nosso tropel
a par de tudo: aguarde a punição!

    [Odisseu afasta-se]

NEOPTÓLEMO

Pareces mais razoável; no futuro,
pensando assim, evitas confusão.   1.260
E tu, ó Filoctetes, deixa a rocha
de tua morada, filho de Poianto!

    [Filoctetes aparece à entrada da gruta]

FILOCTETES

Que vozerio é esse junto à gruta?
Quereis o quê, por que dizeis meu nome?
Não terá fim a minha triste sina?   1.265
Acrescentas mais dor à dor que sinto?

NEOPTÓLEMO

Coragem! Fica atento ao que direi!

FILOCTETES

Receio, pois quando escutei as tuas belas
palavras, só agravei o que era ruim.

ΝΕΟΠΤΟΛΕΜΟΣ
οὔκουν ἔνεστι καὶ μεταγνῶναι πάλιν; 1.270

ΦΙΛΟΚΤΗΤΗΣ
τοιοῦτος ἦσθα τοῖς λόγοισι χὤτε μου
τὰ τόξ' ἔκλεπτες, πιστός, ἀτηρὸς λάθρᾳ.

ΝΕΟΠΤΟΛΕΜΟΣ
ἀλλ' οὔ τι μὴν νῦν· βούλομαι δέ σου κλύειν,
πότερα δέδοκταί σοι μένοντι καρτερεῖν,
ἢ πλεῖν μεθ' ἡμῶν. 1.275

ΦΙΛΟΚΤΗΤΗΣ
                παῦε, μὴ λέξῃς πέρα·
μάτην γὰρ ἂν εἴπῃς γε πάντ' εἰρήσεται.

ΝΕΟΠΤΟΛΕΜΟΣ
οὕτω δέδοκται;

ΦΙΛΟΚΤΗΤΗΣ
                καὶ πέρα γ' ἴσθ' ἢ λέγω.

ΝΕΟΠΤΟΛΕΜΟΣ
ἀλλ' ἤθελον μὲν ἄν σε πεισθῆναι λόγοις
ἐμοῖσιν· εἰ δὲ μή τι πρὸς καιρὸν λέγων
κυρῶ, πέπαυμαι. 1.280

ΦΙΛΟΚΤΗΤΗΣ
                πάντα γὰρ φράσεις μάτην.
οὐ γάρ ποτ' εὔνουν τὴν ἐμὴν κτήσει φρένα,
ὅστις γ' ἐμοῦ δόλοισι τὸν βίον λαβὼν
ἀπεστέρηκας· κᾆτα νουθετεῖς ἐμὲ

NEOPTÓLEMO
E não se pode mais mudar de ideia? 1.270

FILOCTETES
Assim falavas ao furtar-me o arco:
leal por fora, vil no foro íntimo!

NEOPTÓLEMO
A situação é outra. Vim saber
se insistes em ficar ou vens comigo.
O que decides? 1.275

FILOCTETES
    Não quero ouvir nem mais um pio.
Será inútil tudo o que profiras!

NEOPTÓLEMO
Insistes nessa decisão?

FILOCTETES
    Mais do que poderei dizer.

NEOPTÓLEMO
Queria convencer-te com palavras,
mas, se o que falo não atinge o alvo,
calo-me. 1.280

FILOCTETES
    É inútil tudo o que profiras.
Não contes com meu ânimo a favor,
depois que tua astúcia me tirou
a vida. E agora queres dar conselhos,

ἐλθών, ἀρίστου πατρὸς αἴσχιστος γεγώς.
ὄλοισθ', Ἀτρεῖδαι μὲν μάλιστ', ἔπειτα δὲ   1.285
ὁ Λαρτίου παῖς καὶ σύ.

ΝΕΟΠΤΟΛΕΜΟΣ

                    μὴ 'πεύξῃ πέρα·
δέχου δὲ χειρὸς ἐξ ἐμῆς βέλη τάδε.

ΦΙΛΟΚΤΗΤΗΣ

πῶς εἶπας; ἆρα δεύτερον δολούμεθα;

ΝΕΟΠΤΟΛΕΜΟΣ

ἀπώμοσ' ἁγνὸν Ζηνὸς ὑψίστου σέβας.

ΦΙΛΟΚΤΗΤΗΣ

ὦ φίλτατ' εἰπών, εἰ λέγεις ἐτήτυμα.   1.290

ΝΕΟΠΤΟΛΕΜΟΣ

τοὔργον παρέσται φανερόν· ἀλλὰ δεξιὰν
πρότεινε χεῖρα, καὶ κράτει τῶν σῶν ὅπλων.

ΟΔΥΣΣΕΥΣ

ἐγὼ δ' ἀπαυδῶ γ', ὡς θεοὶ ξυνίστορες,
ὑπέρ τ' Ἀτρειδῶν τοῦ τε σύμπαντος στρατοῦ.

ΦΙΛΟΚΤΗΤΗΣ

τέκνον, τίνος φώνημα, μῶν Ὀδυσσέως   1.295
ἐπῃσθόμην;

ΟΔΥΣΣΕΥΣ

            σάφ' ἴσθι· καὶ πέλας γ' ὁρᾷς,

ó ser que desmerece o pai sublime!
Que os dois atreus pereçam! Que Odisseu 1.285
obtenha sorte igual e, então, tu mesmo!

NEOPTÓLEMO
    Basta de ofensas!
Recebe destas mãos teu armamento!

FILOCTETES
Como? Pela segunda vez me enganas?

NEOPTÓLEMO
Juro que não, por Zeus sublime e súpero!

FILOCTETES
Linguagem aprazível, se verídica! 1.290

NEOPTÓLEMO
Comprovo-a com ação. Estende a destra
e toma conta do que te pertence!

    [Odisseu retorna à cena]

ODISSEU
Eu veto, os deuses testemunhem! Falo
em nome dos atridas e do exército!

FILOCTETES
De quem é a voz, menino? Não ouvi 1.295
Odisseu?

ODISSEU
    Exatamente! Podes ver

ὅς σ' ἐς τὰ Τροίας πεδί' ἀποστελῶ βίᾳ,
ἐάν τ' Ἀχιλλέως παῖς ἐάν τε μὴ θέλῃ·

ΦΙΛΟΚΤΗΤΗΣ
ἀλλ' οὔ τι χαίρων, ἢν τόδ' ὀρθωθῇ βέλος.

ΝΕΟΠΤΟΛΕΜΟΣ
ἆ, μηδαμῶς, μή, πρὸς θεῶν, μεθῇς βέλος.   1.300

ΦΙΛΟΚΤΗΤΗΣ
μέθες με, πρὸς θεῶν, χεῖρα, φίλτατον τέκνον.

ΝΕΟΠΤΟΛΕΜΟΣ
οὐκ ἂν μεθείην.

ΦΙΛΟΚΤΗΤΗΣ
                    φεῦ· τί μ' ἄνδρα πολέμιον
ἐχθρόν τ' ἀφείλου μὴ κτανεῖν τόξοις ἐμοῖς;

ΝΕΟΠΤΟΛΕΜΟΣ
ἀλλ' οὔτ' ἐμοὶ τοῦτ' ἐστὶν οὔτε σοὶ καλόν.

ΦΙΛΟΚΤΗΤΗΣ
ἀλλ' οὖν τοσοῦτόν γ' ἴσθι, τοὺς πρώτους στρατοῦ,   1.305
τοὺς τῶν Ἀχαιῶν ψευδοκήρυκας, κακοὺς
ὄντας πρὸς αἰχμήν, ἐν δὲ τοῖς λόγοις θρασεῖς.

ΝΕΟΠΤΟΛΕΜΟΣ
εἶεν· τὰ μὲν δὴ τόξ' ἔχεις, κοὐκ ἔσθ' ὅτου
ὀργὴν ἔχοις ἂν οὐδὲ μέμψιν εἰς ἐμέ.

quem te conduz à força ao campo troico,
mesmo sem a anuência de Neoptólemo!

FILOCTETES
Não sais impune, se eu te acerto a flecha!

NEOPTÓLEMO
Não posso consentir. Não a dispares!   1.300

FILOCTETES
Não prendas minha mão, querido filho!

NEOPTÓLEMO
Não posso te soltar.

FILOCTETES
     Por que me impedes de matar
o inimigo odioso com flechaços?

NEOPTÓLEMO
Para nós dois seria um gesto errado.

   [Odisseu afasta-se]

FILOCTETES
Fica sabendo que os chefões do exército,   1.305
pseudoarautos de aqueus, bravos na voz,
não têm colhões à frente de um lançaço!

NEOPTÓLEMO
Perfeitamente, mas já tens o arco;
não faz sentido irar-te e criticar-me.

ΦΙΛΟΚΤΗΤΗΣ

ξύμφημι· τὴν φύσιν δ' ἔδειξας, ὦ τέκνον,   1.310
ἐξ ἧς ἔβλαστες, οὐχὶ Σισύφου πατρός,
ἀλλ' ἐξ Ἀχιλλέως, ὃς μετὰ ζώντων ὅτ' ἦν
ἤκου' ἄριστα, νῦν δὲ τῶν τεθνηκότων.

ΝΕΟΠΤΟΛΕΜΟΣ

ἥσθην πατέρα τὸν ἀμὸν εὐλογοῦντά σε
αὐτόν τ' ἔμ'· ὧν δέ σου τυχεῖν ἐφίεμαι,   1.315
ἄκουσον. ἀνθρώποισι τὰς μὲν ἐκ θεῶν
τύχας δοθείσας ἔστ' ἀναγκαῖον φέρειν·
ὅσοι δ' ἑκουσίοισιν ἔγκεινται βλάβαις,
ὥσπερ σύ, τούτοις οὔτε συγγνώμην ἔχειν
δίκαιόν ἐστιν οὔτ' ἐποικτίρειν τινά.   1.320
σὺ δ' ἠγρίωσαι, κοὔτε σύμβουλον δέχῃ,
ἐάν τε νουθετῇ τις εὐνοίᾳ λέγων,
στυγεῖς, πολέμιον δυσμενῆ θ' ἡγούμενος.
ὅμως δὲ λέξω. Ζῆνα δ' ὅρκιον καλῶ·
καὶ ταῦτ' ἐπίστω καὶ γράφου φρενῶν ἔσω.   1.325
σὺ γὰρ νοσεῖς τόδ' ἄλγος ἐκ θείας τύχης,
Χρύσης πελασθεὶς φύλακος, ὃς τὸν ἀκαλυφῆ
σηκὸν φυλάσσει κρύφιος οἰκουρῶν ὄφις·
καὶ παῦλαν ἴσθι τῆσδε μή ποτ' ἂν τυχεῖν
νόσου βαρείας, ἕως ἂν αὐτὸς ἥλιος   1.330
ταύτῃ μὲν αἴρῃ, τῇδε δ' αὖ δύνῃ πάλιν,

FILOCTETES

Concordo, fazes jus à tua cepa; 1.310
Aquiles é teu ancestral, não Sísifo:
a fama de teu pai era magnífica
em vida; ela perdura em seu pós-morte!

NEOPTÓLEMO

O teu louvor a mim e a Aquiles enche-me
de júbilo, mas ouve o que desejo 1.315
que me concedas: cabe suportar
a sorte que os eternos nos destinam,
mas quem vive no inferno por querer,
como é o teu caso, esse não merece
nenhuma solidariedade ou pena. 1.320
Te enferas, não toleras sugestões;
se o bem-intencionado te critica,
o execras, fazes dele um inimigo.
Não calo mesmo assim, e invoco Zeus:
inscreve no teu íntimo esta fala! 1.325
O mal de que padeces tem origem
divina. Em Crisa, aviltas um ofídio,[55]
vigia de um sacrário a céu aberto.
Ninguém o via. Alívio não encontras
para a moléstia, enquanto o sol cumprir 1.330
seu ciclo natural, antes que aceites

---

[55] Nesse verso e nos seguintes, procurei corresponder de alguma forma ao belo jogo de palavras do original, que enfatiza os sons *phu-*, *phi*, a partir do vocábulo *ophis* ("serpente"). Segundo a passagem, a ferida no pé de Filoctetes decorreria do fato de ele ter violado um espaço sagrado.

πρὶν ἂν τὰ Τροίας πεδί' ἑκὼν αὐτὸς μόλῃς,
καὶ τῶν παρ' ἡμῖν ἐντυχὼν Ἀσκληπιδῶν
νόσου μαλαχθῆς τῆσδε, καὶ τὰ πέργαμα
ξὺν τοῖσδε τόξοις ξύν τ' ἐμοὶ πέρσας φανῇς.   1.335
ὡς δ' οἶδα ταῦτα τῇδ' ἔχοντ' ἐγὼ φράσω.
ἀνὴρ γὰρ ἡμῖν ἐστιν ἐκ Τροίας ἁλούς,
Ἕλενος ἀριστόμαντις, ὃς λέγει σαφῶς
ὡς δεῖ γενέσθαι ταῦτα· καὶ πρὸς τοῖσδ' ἔτι
ὡς ἔστ' ἀνάγκη τοῦ παρεστῶτος θέρους   1.340
Τροίαν ἁλῶναι πᾶσαν· ἢ δίδωσ' ἑκὼν
κτείνειν ἑαυτόν, ἢν τάδε ψευσθῇ λέγων.
ταῦτ' οὖν ἐπεὶ κάτοισθα, συγχώρει θέλων.
καλὴ γὰρ ἡ 'πίκτησις, Ἑλλήνων ἕνα
κριθέντ' ἄριστον, τοῦτο μὲν παιωνίας   1.345
ἐς χεῖρας ἐλθεῖν, εἶτα τὴν πολύστονον
Τροίαν ἑλόντα κλέος ὑπέρτατον λαβεῖν.

ΦΙΛΟΚΤΗΤΗΣ
ὦ στυγνὸς αἰών, τί μ' ἔτι δῆτ' ἔχεις ἄνω
βλέποντα κοὐκ ἀφῆκας εἰς Ἅιδου μολεῖν;
οἴμοι, τί δράσω; πῶς ἀπιστήσω λόγοις   1.350
τοῖς τοῦδ', ὃς εὔνους ὢν ἐμοὶ παρῄνεσεν;
ἀλλ' εἰκάθω δῆτ'; εἶτα πῶς ὁ δύσμορος
εἰς φῶς τάδ' ἔρξας εἶμι; τῷ προσήγορος;

ir à planície troica, onde Asclepíades[56]
(serão dois) cuidarão de eliminar
tua úlcera, e comigo, arco à mão,
devastes Pérgamo, seus arrabaldes.   1.335
Falta dizer quem me inteirou no assunto:
um troiano, denominado Heleno,[57]
arúspice de fama, foi enfático
em sua previsão e noutra ainda
sobre o fim certo de Ílion no verão.   1.340
Aposta tanto no que diz que aceita
que o matem se o que diz for inexato.
Ciente de toda história, sê flexível,
pois não é pobre a recompensa: líder
entre os gregos, encontras quem te cure   1.345
da doença e, derruindo Ílion pluri-
lácrima, teu renome sobrepaira!

FILOCTETES
Vida estígia, por que manter-me acima
e me impedir o acesso ao Hades? Ai!
Como agirei? Por que duvidaria   1.350
de um conselheiro tão benevolente?
Com que cara me insiro entre os humanos,
se conceder? Alguém ouve o que falo?

---

[56] Neoptólemo afirma que serão dois filhos de Asclépio (referidos aqui como Asclepíades) os responsáveis pela cura de Filoctetes. A seguir, Héracles dirá que o próprio Asclépio tratará do herói. Em Homero, Asclépio é um herói, que teria recebido o bálsamo reparador do centauro Quíron (*Ilíada*, IV, 219). Seus dois filhos, Macáon e Podalírio lideram o contingente originário de Trica, na Tessália (*Ilíada*, II, 729-33).

[57] É curioso registrar que a única fonte do vaticínio de Heleno é o mercador, que não alude à cura de Filoctetes.

πῶς, ὦ τὰ πάντ᾽ ἰδόντες ἀμφ᾽ ἐμοὶ κύκλοι,
ταῦτ᾽ ἐξανασχήσεσθε, τοῖσιν Ἀτρέως 1.355
ἐμὲ ξυνόντα παισίν, οἵ μ᾽ ἀπώλεσαν;
πῶς τῷ πανώλει παιδὶ τῷ Λαερτίου;
οὐ γάρ με τἄλγος τῶν παρελθόντων δάκνει,
ἀλλ᾽ οἷα χρὴ παθεῖν με πρὸς τούτων ἔτι
δοκῶ προλεύσσειν· οἷς γὰρ ἡ γνώμη κακῶν 1.360
μήτηρ γένηται, τἄλλα παιδεύει κακά.
καὶ σοῦ δ᾽ ἔγωγε θαυμάσας ἔχω τόδε.
χρῆν γάρ σε μήτ᾽ αὐτόν ποτ᾽ ἐς Τροίαν μολεῖν,
ἡμᾶς τ᾽ ἀπείργειν, οἵδε σου καθύβρισαν,
πατρὸς γέρας συλῶντες. εἶτα τοῖσδε σὺ 1.365
εἶ ξυμμαχήσων, κἄμ᾽ ἀναγκάζεις τόδε;
μὴ δῆτα, τέκνον· ἀλλ᾽ ἅ μοι ξυνώμοσας,
πέμψον πρὸς οἴκους· καὐτὸς ἐν Σκύρῳ μένων
ἔα κακῶς αὐτοὺς ἀπόλλυσθαι κακούς.
χοὔτω διπλῆν μὲν ἐξ ἐμοῦ κτήσει χάριν, 1.370
διπλῆν δὲ πατρός, κοὐ κακοὺς ἐπωφελῶν
δόξεις ὁμοῖος τοῖς κακοῖς πεφυκέναι.

ΝΕΟΠΤΟΛΕΜΟΣ
λέγεις μὲν εἰκότ᾽, ἀλλ᾽ ὅμως σε βούλομαι
θεοῖς τε πιστεύσαντα τοῖς τ᾽ ἐμοῖς λόγοις
φίλου μετ᾽ ἀνδρὸς τοῦδε τῆσδ᾽ ἐκπλεῖν χθονός. 1.375

ΦΙΛΟΚΤΗΤΗΣ
ἦ πρὸς τὰ Τροίας πεδία καὶ τὸν Ἀτρέως
ἔχθιστον υἱὸν τῷδε δυστήνῳ ποδί;

ΝΕΟΠΤΟΛΕΜΟΣ
πρὸς τοὺς μὲν οὖν σε τήνδε τ᾽ ἔμπυον βάσιν
παύσοντας ἄλγους κἀποσώσοντας νόσου.

Ó círculo ocular, presente a tudo
o que sofri, aceitarás me ver   1.355
ao lado dos atridas, meus algozes,
na companhia vil do Laertíade?
O que me morde não é a dor de outrora,
mas quantas antevejo padecer
por causa deles, pois se a mente é mãe   1.360
do crime, sua prole é criminosa.
E há outra coisa que me deixa fulo:
deverias nos afastar de Troia,
e não ir encontrar quem te humilhou,
ladrões dos bens de Aquiles. E ainda queres 1.365
ser sócio deles e obrigar-me ao mesmo?
Não posso concordar! Cumpre tua jura:
leva-me para casa e fica em Ciro!
Safados, que agonizem lentamente!
A minha gratidão será dobrada,   1.370
e a do meu pai. Não correrás o risco
de, serviçal de vis, ser mais um vil.

NEOPTÓLEMO
Faz sentido o que falas, mas desejo
que navegues daqui com teu amigo,
confiando no que digo e nos olímpios.   1.375

FILOCTETES
A Ílion? Para o detestável filho
de Atreu, com este pé envolto em pus?

NEOPTÓLEMO
A quem há de pôr fim à dor no pé
purulento e acabar com tua moléstia.

ΦΙΛΟΚΤΗΤΗΣ
ὦ δεινὸν αἶνον αἰνέσας, τί φής ποτε;   1.380

ΝΕΟΠΤΟΛΕΜΟΣ
ἃ σοί τε κἀμοὶ λῷσθ' ὁρῶ τελούμενα.

ΦΙΛΟΚΤΗΤΗΣ
καὶ ταῦτα λέξας οὐ καταισχύνῃ θεούς;

ΝΕΟΠΤΟΛΕΜΟΣ
πῶς γάρ τις αἰσχύνοιτ' ἂν ὠφελούμενος;

ΦΙΛΟΚΤΗΤΗΣ
λέγεις δ' Ἀτρείδαις ὄφελος, ἢ 'π' ἐμοὶ τόδε;

ΝΕΟΠΤΟΛΕΜΟΣ
σοί που, φίλος γ' ὤν, χὠ λόγος τοιόσδε μου.   1.385

ΦΙΛΟΚΤΗΤΗΣ
πῶς, ὅς γε τοῖς ἐχθροῖσί μ' ἐκδοῦναι θέλεις;

ΝΕΟΠΤΟΛΕΜΟΣ
ὦ τᾶν, διδάσκου μὴ θρασύνεσθαι κακοῖς.

ΦΙΛΟΚΤΗΤΗΣ
ὀλεῖς με, γιγνώσκω σε, τοῖσδε τοῖς λόγοις.

ΝΕΟΠΤΟΛΕΜΟΣ
οὔκουν ἔγωγε· φημὶ δ' οὔ σε μανθάνειν.

ΦΙΛΟΚΤΗΤΗΣ
ἐγὼ οὐκ Ἀτρείδας ἐκβαλόντας οἶδά με;   1.390

FILOCTETES
Assombra o teu conselho! O que me dizes? 1.380

NEOPTÓLEMO
Apenas vejo o que é melhor aos dois.

FILOCTETES
Deuses não te constrangem quando falas?

NEOPTÓLEMO
Não me constrange optar pelo que é útil.

FILOCTETES
Útil à dupla atrida ou a mim mesmo?

NEOPTÓLEMO
Útil a quem eu quero bem, tu mesmo! 1.385

FILOCTETES
Como, se queres me entregar aos crápulas?

NEOPTÓLEMO
Aprende a ser flexível ao fatídico!

FILOCTETES
Sei bem quem és; me matam tuas palavras.

NEOPTÓLEMO
De modo algum! Diria que não compreendes.

FILOCTETES
Ignoro que os atridas me deixaram? 1.390

ΝΕΟΠΤΟΛΕΜΟΣ
ἀλλ' ἐκβαλόντες εἰ πάλιν σώσουσ' ὅρα.

ΦΙΛΟΚΤΗΤΗΣ
οὐδέποθ' ἑκόντα γ' ὥστε τὴν Τροίαν ἰδεῖν.

ΝΕΟΠΤΟΛΕΜΟΣ
τί δῆτ' ἂν ἡμεῖς δρῷμεν, εἰ σέ γ' ἐν λόγοις
πείσειν δυνησόμεσθα μηδὲν ὧν λέγω;
ὡς ῥᾷστ' ἐμοὶ μὲν τῶν λόγων λῆξαι, σὲ δὲ   1.395
ζῆν, ὥσπερ ἤδη ζῇς, ἄνευ σωτηρίας.

ΦΙΛΟΚΤΗΤΗΣ
ἔα με πάσχειν ταῦθ' ἅπερ παθεῖν με δεῖ·
ἃ δ' ᾔνεσάς μοι δεξιᾶς ἐμῆς θιγών,
πέμπειν πρὸς οἴκους, ταῦτά μοι πρᾶξον, τέκνον,
καὶ μὴ βράδυνε μηδ' ἐπιμνησθῇς ἔτι   1.400
Τροίας· ἅλις γάρ μοι τεθρήνηται γόοις.

ΝΕΟΠΤΟΛΕΜΟΣ
εἰ δοκεῖ, στείχωμεν.

ΦΙΛΟΚΤΗΤΗΣ
                 ὦ γενναῖον εἰρηκὼς ἔπος.

ΝΕΟΠΤΟΛΕΜΟΣ
ἀντέρειδε νῦν βάσιν σήν.

ΦΙΛΟΚΤΗΤΗΣ
                 εἰς ὅσον γ' ἐγὼ σθένω.

NEOPTÓLEMO
Isso é passado. Vê se não te salvam!

FILOCTETES
Jamais desejarei ver Troia à frente.

NEOPTÓLEMO
O que faremos, se meus argumentos
fracassam no convencimento? Bem
mais fácil para mim seria calar 1.395
e para ti viver, como hoje, doente.

FILOCTETES
Meu sofrimento a mais ninguém compete;
cumpre o que formalmente prometeste,
levar-me para casa — vamos, filho!
Não tardes nem recordes Troia mais, 1.400
pois o que eu já chorei é suficiente!

NEOPTÓLEMO
Se é o que preferes, vamos!

FILOCTETES
    Quem fala é um nobre.

NEOPTÓLEMO
Apoia o pé no chão!

FILOCTETES
    O quanto for possível.

ΝΕΟΠΤΟΛΕΜΟΣ
αἰτίαν δὲ πῶς Ἀχαιῶν φεύξομαι;

ΦΙΛΟΚΤΗΤΗΣ
                        μὴ φροντίσῃς.

ΝΕΟΠΤΟΛΕΜΟΣ
τί γάρ, ἐὰν πορθῶσι χώραν τὴν ἐμήν;   1.405

ΦΙΛΟΚΤΗΤΗΣ
                        ἐγὼ παρὼν —

ΝΕΟΠΤΟΛΕΜΟΣ
τίνα προσωφέλησιν ἔρξεις;

ΦΙΛΟΚΤΗΤΗΣ
                        βέλεσι τοῖς Ἡρακλέους —

ΝΕΟΠΤΟΛΕΜΟΣ
πῶς λέγεις;

ΦΙΛΟΚΤΗΤΗΣ
        εἴρξω πελάζειν [σῆς πάτρας].

ΝΕΟΠΤΟΛΕΜΟΣ
                        [ἀλλ᾽ εἰ [⏑ —
⏑ —] δρᾷς ταῦθ᾽ ὥσπερ αὐδᾷς,] στεῖχε προσκύσας χθόνα.

NEOPTÓLEMO
Como os acaios não me punem?

FILOCTETES
Não fiques remoendo!

NEOPTÓLEMO
Se devastarem meu país?

1.405

FILOCTETES
Conta comigo!

NEOPTÓLEMO
Que ajuda podes me prestar?

FILOCTETES
Com os dardos de Héracles.

NEOPTÓLEMO
Não entendi.

FILOCTETES
Mantenho todos longe.

NEOPTÓLEMO
Se é isso o que desejas realmente,
vamos, despede-te da terra!

[Aparição inusitada de Héracles]

ΗΡΑΚΛΗΣ
μήπω γε, πρὶν ἂν τῶν ἡμετέρων
ἀίῃς μύθων, παῖ Ποίαντος·
φάσκειν δ' αὐδὴν τὴν Ἡρακλέους 1.410
ἀκοῇ τε κλύειν λεύσσειν τ' ὄψιν.
τὴν σὴν δ' ἥκω χάριν οὐρανίας
ἕδρας προλιπών,
τὰ Διός τε φράσων βουλεύματά σοι 1.415
κατερητύσων θ' ὁδὸν ἣν στέλλῃ·
σὺ δ' ἐμῶν μύθων ἐπάκουσον.

καὶ πρῶτα μέν σοι τὰς ἐμὰς λέξω τύχας,
ὅσους πονήσας καὶ διεξελθὼν πόνους
ἀθάνατον ἀρετὴν ἔσχον, ὡς πάρεσθ' ὁρᾶν. 1.420
καὶ σοί, σάφ' ἴσθι, τοῦτ' ὀφείλεται παθεῖν,
ἐκ τῶν πόνων τῶνδ' εὐκλεᾶ θέσθαι βίον.
ἐλθὼν δὲ σὺν τῷδ' ἀνδρὶ πρὸς τὸ Τρωικὸν
πόλισμα, πρῶτον μὲν νόσου παύσῃ λυγρᾶς,
ἀρετῇ τε πρῶτος ἐκκριθεὶς στρατεύματος, 1.425
Πάριν μέν, ὃς τῶνδ' αἴτιος κακῶν ἔφυ,
τόξοισι τοῖς ἐμοῖσι νοσφιεῖς βίου,
πέρσεις τε Τροίαν, σκῦλά τ' εἰς μέλαθρα σὰ
πέμψεις, ἀριστεῖ' ἐκλαβὼν στρατεύματος,
Ποίαντι πατρὶ πρὸς πάτρας Οἴτης πλάκα. 1.430

HÉRACLES[58]
De modo algum, sem antes escutares
as palavras de um deus, ó Filoctetes! 1.410
Diz que a voz de Héracles é audível,
seu semblante, visível!
Deixei por tua causa o lar urânico,
para fazer saber
o que decide Zeus e impedir 1.415
que sigas essa via:
escuta o que eu profiro!

Rememoro primeiro minha sina,
quanto esfalfou-me a dúzia de lavores,
até alcançar o zênite imortal. 1.420
Não é distinto o que deves sofrer:
do múltiplo sofrer aflora a glória.
Tomando a direção da pólis troica,
darás um fim à agrura de tua úlcera,
te tornas o ás do exército por mérito. 1.425
A Páris, causador de males múltiplos,
anulas, alanceando-o com meus dardos.
Devastas Ílion e o butim que o exército
te reserva, o melhor, envias ao lar,
ao pai Poianto, ao Eta, altiplano. 1.430

---

[58] É raríssima a aparição de um deus em Sófocles, ao contrário do que ocorre em Eurípides. Já se observou que a presença de Héracles neste ponto teria função semelhante à de Palas Atena no canto I da *Ilíada*: suspender uma ação em curso. Outro aspecto discutido é como se representa a epifania: para alguns estudiosos, o deus apareceria sobre uma plataforma colocada acima do cenário; para outros, surgiria suspenso por uma máquina, simulando o voo. Excluindo o episódio da morte de Páris, não há novidade na fala de Héracles. Sobretudo, o deus não explica o motivo pelo qual Filoctetes padeceu durante dez anos.

ἃ δ' ἂν λάβῃς σὺ σκῦλα τοῦδε τοῦ στρατοῦ,
τόξων ἐμῶν μνημεῖα πρὸς πυρὰν ἐμὴν
κόμιζε. καὶ σοὶ ταῦτ', Ἀχιλλέως τέκνον,
παρῄνεσ'· οὔτε γὰρ σὺ τοῦδ' ἄτερ σθένεις
ἑλεῖν τὸ Τροίας πεδίον οὔθ' οὗτος σέθεν. 1.435
ἀλλ' ὡς λέοντε συννόμω φυλάσσετον
οὗτος σὲ καὶ σὺ τόνδ'· ἐγὼ δ' Ἀσκληπιὸν
παυστῆρα πέμψω σῆς νόσου πρὸς Ἴλιον.
τὸ δεύτερον γὰρ τοῖς ἐμοῖς αὐτὴν χρεὼν
τόξοις ἁλῶναι. τοῦτο δ' ἐννοεῖθ', ὅταν 1.440
πορθῆτε γαῖαν, εὐσεβεῖν τὰ πρὸς θεούς·
ὡς τἄλλα πάντα δεύτερ' ἡγεῖται πατὴρ
Ζεύς· οὐ γὰρ ηὑσέβεια συνθνῄσκει βροτοῖς·
κἂν ζῶσι κἂν θάνωσιν, οὐκ ἀπόλλυται.

ΦΙΛΟΚΤΗΤΗΣ
ὦ φθέγμα ποθεινὸν ἐμοὶ πέμψας, 1.445
χρόνιός τε φανείς,
οὐκ ἀπιθήσω τοῖς σοῖς μύθοις.

ΝΕΟΠΤΟΛΕΜΟΣ
κἀγὼ γνώμην ταύτῃ τίθεμαι.

ΗΡΑΚΛΗΣ
μή νυν χρόνιοι μέλλετε πράσσειν·
ὅδ' ἐπείγει γὰρ 1.450
καιρὸς καὶ πλοῦς κατὰ πρύμνην.

ΦΙΛΟΚΤΗΤΗΣ
φέρε νυν στείχων χώραν καλέσω.
χαῖρ', ὦ μέλαθρον ξύμφρουρον ἐμοί,
Νύμφαι τ' ἔνυδροι λειμωνιάδες,

Põe na pira uma parte, por meu arco!
Eis o que te aconselho, Aquileu:
a tomada de Troia, belo campo,
dependerá da mútua confiança,
qual dupla de leões que caçam juntos,   1.435
ele contigo, tu com ele. Asclépio,
o médico que cura tua moléstia,
mandarei ir à cidadela de Ílion,
que não resistirá às minhas armas
novamente. Errarias te esquecendo   1.440
dos eternos, derruída a priâmea urbe.
Zeus considera o resto secundário.
Respeito ao deus não morre com os homens,
vivos ou não, pois que ele é sempiterno.

FILOCTETES
Ó voz ansiada que me envias,   1.445
tardia em seu vislumbre,
me vergo ao que decides!

NEOPTÓLEMO
Eu faço minhas as palavras dele.

HÉRACLES
Retardar o começo é um disparate.
O momento é propício,   1.450
pois a aura favorável tange a popa!

FILOCTETES
Despeço-me daqui antes de ir.
Adeus, acolhedora moradia,
adeus, ninfeias d'água e dos prados,

καὶ κτύπος ἄρσην πόντου προβολῆς, 1.455
οὗ πολλάκι δὴ τοὐμὸν ἐτέγχθη
κρᾶτ' ἐνδόμυχον πληγαῖσι νότου,
πολλὰ δὲ φωνῆς τῆς ἡμετέρας
Ἑρμαῖον ὄρος παρέπεμψεν ἐμοὶ
στόνον ἀντίτυπον χειμαζομένῳ. 1.460
νῦν δ', ὦ κρῆναι Λύκιόν τε ποτόν,
λείπομεν ὑμᾶς, λείπομεν ἤδη,
δόξης οὔ ποτε τῆσδ' ἐπιβάντες.
χαῖρ', ὦ Λήμνου πέδον ἀμφίαλον,
καί μ' εὐπλοίᾳ πέμψον ἀμέμπτως, 1.465
ἔνθ' ἡ μεγάλη Μοῖρα κομίζει
γνώμη τε φίλων χὠ πανδαμάτωρ
δαίμων, ὃς ταῦτ' ἐπέκρανεν.

ΧΟΡΟΣ
χωρῶμεν δὴ πάντες ἀολλεῖς,
Νύμφαις ἁλίαισιν ἐπευξάμενοι 1.470
νόστου σωτῆρας ἱκέσθαι.

adeus, regougo oceânico e escolho 1.455
de onde provinha o vendaval do Noto⁵⁹
para banhar-me a testa em plena gruta —
e o monte Hermeu mandava-me cortante
o lamento de minha própria voz
ecoando, ecoando em mim, frente à tormenta. 1.460
Deixamo-vos agora, mananciais
e fontes lícias, sim!, nós vos deixamos,
na contramão do que antes esperávamos.
Adeus, região circumsalina, Lemnos,
concede-me o favor da brisa amiga 1.465
aonde a magna Moira nos conduz
e o parecer de amigos e o pan-magno
divino que decide tudo isso!

CORO
Formemos na partida um bloco único,
solícito às Nereidas oceânicas: 1.470
zelai pelo retorno sem transtorno!

---

[59] Vento chuvoso e tépido, proveniente das regiões Sul e Sudeste.

Inflexível Filoctetes

Trajano Vieira

Cada leitor terá predileção por este ou aquele personagem de Sófocles e, se me for dado manifestar minha preferência pessoal, diria que ela recai, depois de Édipo, sobre Filoctetes. Nenhum outro herói manifesta altivez e resistência como o líder maliano abandonado pelos gregos na ilha deserta de Lemnos. Se é possível imaginar que o autor configurou a maioria de seus personagens com base no contraste entre dois arquétipos, simbolizados por Aquiles e Odisseu, encontramos neste drama os principais fundamentos de seu teatro. Em Homero, Aquiles representa o herói arcaico, inflexível em seus princípios de conduta elevada e nos laços de φιλία ("amizade"), a ponto de só retornar à guerra de Troia para vingar a morte de seu companheiro mais próximo, Pátroclo, e não pela causa original dos gregos, pelos quais se sentia desconsiderado; em oposição a esse caráter inabalável, há Odisseu, o herói que se molda a cada situação, o hábil manipulador da linguagem, que se comporta em função da meta a ser atingida, de maneira digna ou não. É provável que a rivalidade entre Aquiles e Odisseu fosse tema da épica, a julgar por um verso da *Odisseia* (VIII, 75) que alude à desavença entre os dois. Se essa hipótese estiver correta, compreenderemos melhor a tensão que permeia o breve encontro entre eles no canto XI da *Odisseia*, no episódio conhecido como "Nékuia" (descida ao mundo dos mortos, vv. 471-540).

Não cabe aqui referir todas as ocorrências desse tipo de conflito em Sófocles, sendo suficiente lembrar que ele aflora desde sua mais antiga peça remanescente, *Ájax* (460-450 a.C.), até a penúltima, *Filoctetes* (409 a.C.), escrita aos 85 anos de idade, ganhadora do primeiro prêmio no concurso de que participou (algo não raro, como se sabe, na carreira bem-sucedida do autor, que escreveu 123 peças, tendo obtido perto de vinte vitórias, jamais se classificando em terceiro e último lugar). Homero cita pouco Filoctetes. Na *Ilíada* (II, 716 ss.), registra que foi um arqueiro brilhante à frente de sete navios, abandonado pelos aqueus na ilha de Lemnos, devido ao odor fétido exalado de seu pé, mordido por uma serpente. Diz também, como que prevendo o futuro do herói, que os gregos voltariam a pensar nele... Na *Odisseia*, é mencionado duas vezes, como o melhor arqueiro em Troia (VIII, 219) e como um dos heróis que retornaram para casa depois da guerra (III, 190). Na *Pequena Ilíada*, Diomedes será encarregado de trazer Filoctetes de Lemnos, enquanto Odisseu recebe a incumbência de buscar Neoptólemo em Ciro. Dion Crisóstomo (*Orationes* 52 e 59) fornece alguns dados importantes sobre o conteúdo dos dramas que Ésquilo e Eurípides compuseram sobre o assunto. Na obra do primeiro, é Odisseu, não reconhecido por Filoctetes, que assume a função de Diomedes e vai a Lemnos resgatar o arqueiro. Mente ao anunciar a morte de Agamêmnon e a responsabilidade de Odisseu por um ato terrível. Na tragédia de Eurípides, os troianos disputam com os gregos o resgate de Filoctetes e de seu arco, enfatizando o aspecto patriótico do mito.

Como se vê, a introdução de Neoptólemo foi invenção de Sófocles. O leitor perceberá, desde logo, que uma das linhas que o drama desenvolve é o processo de amadurecimento do herói jovem, que passa por intensos conflitos até assumir sua própria φύσις, a natureza herdada de Aquiles. Trata-se de uma tragédia de recusa e adoção de valores por parte de um rapaz dividido entre dois gigantes do universo heroico, o oportunista Odisseu (cujo encargo de salvar o contingente grego, segundo alguns críticos, justificaria seus métodos heterodoxos) e a imagem dos valores sublimes que Filoctetes encarna (honra, amizade, vigor, coragem, inflexibilidade). Sem dúvida, a mutação de Neoptólemo é um ponto fundamental da tragédia, mas só se for pensada em função de Filoctetes. O sentido do isolamento, a consciência do sofrimento ao longo de uma década, a expressão patética das crises dolorosas por que passa fazem desse herói um dos personagens mais notáveis da literatura grega. O realismo da caracterização do ambiente em que vive é um dos pontos altos da peça. Será difícil encontrar expressão mais intensa do abandono do que esta. A sensação de náusea é alcançada com uma economia verbal surpreendente. A cena do delírio é outra que permanece viva na memória, graças à linguagem que vai se fragmentando, perdendo nexo, à medida que o espasmo avança. É de se destacar que a solidão do personagem só acaba quando Héracles, de quem havia recebido o arco, determina sua ida a Troia. Nem a persuasão, nem o arrependimento, nem a força física, nem a retratação o haviam feito mudar de ideia.

O epílogo nos deixa uma estranha sensação de amargor, apesar de os objetivos da expedição terem sido alcançados. A mesma dureza e altivez com que Édipo encaminha-se para a morte no *Édipo em Colono* parecem mover os passos de Filoctetes em sua viagem a Troia, onde a vitória o aguarda, onde a cura o espera, mas nada disso neutraliza os episódios cruéis retidos em sua memória, para os quais não encontra explicação aceitável.

O mundo em que se insere não mais lhe pertence. Seus companheiros (Aquiles e Ájax) estão mortos. Para ele, trata-se apenas de executar um papel, cumprir uma determinação divina. O que perdura é sua despedida, carregada de emoção, dos elementos que compõem o cenário de Lemnos. Essa imagem profunda de solidão e intrepidez, decorrente do longo convívio com aves, gruta, ancoradouro, vale como uma despedida da vida, de um universo no qual ele volta a se colocar com total desinteresse: o campo de batalha. Não é, portanto, uma imagem positiva do mundo heroico a que Sófocles constrói, mas de uma sociedade norteada por regras e estratégias nem sempre defensáveis. Pelo tom da conclusão, somos levados a crer que o reencontro de Filoctetes com antigos guerreiros não será pautado pela confraternização, mas pelo constrangimento. É possível imaginá-lo silencioso, ensimesmado, cumprindo sem apego o *script* que Héracles, como um autor trágico, definiu para ele. A exclusão que lhe impuseram torna-se autoexclusão, descrença na função positiva do diálogo. É isso o que nos sugere seu absoluto distanciamento.

Ájax, também avesso aos métodos de Odisseu, é a expressão tácita do herói. Já na *Ilíada*, esse gigante de quase dois metros de altura, capaz de arremessar blocos de pedra contra inimigos, é de poucas palavras. Lembro, como uma de suas aparições mais impressionantes, o momento em que surge diante de Odisseu na "Nékuia" e vira-lhe as costas, sumindo em silêncio em meio às sombras (*Odisseia*, XI, 541-67). Sabemos o motivo do desentendimento: graças à intervenção de Atena, Odisseu herda o armamento de Aquiles, e não Ájax, amigo fraterno do pés-velozes (episódio referido nesta peça). A reação de Filoctetes é diferente. Permanece inflexível na decisão de não ajudar os líderes que o haviam deixado sozinho (esta seria outra novidade introduzida por Sófocles) em Lemnos, ao longo de dez anos, coxeando em busca do sustento, alojado numa gruta com seu ridículo patrimônio, uma reles copa de madeira e uns trapos fétidos. É bastante compreensível sua posição quando se vê, mais uma vez, vítima de um novo artifício dos gregos, que necessitam dele para vencer a guerra. Há uma bela passagem em que Filoctetes se surpreende diante do fato de Neoptólemo aparentemente desconhecer sua identidade. A ausência de registro na tradição é o pior legado para um herói, que luta por esse motivo, para que seus feitos se eternizem nas narrativas. E é assim que se inicia seu contato com o filho de Aquiles, com uma história que, a exemplo de outras, se mostrará inverídica. Sobre esse ponto, não será demais registrar a ocorrência do que a crítica atribui a um efeito metateatral: Neoptólemo representa inicialmente um papel definido por Odisseu, a esta altura, diretor de sua atuação.

Ao fim, é a recusa da lógica da conveniência que faz de Odisseu um personagem menor. Ele empalidece à sombra de Filoctetes e de Neoptólemo e, apesar das ameaças nos últimos diálogos, mostra-se incapaz de enfrentá-los. O estrategista do início, defensor da argumentação falaciosa, constata o malogro de seu método, e a decisão da ajuda, como observei, só ocorre por imposição divina.

No mundo de contrastes que particulariza o teatro de Sófocles, *Filoctetes* ocupa posição de destaque. A maneira disfórica como o drama termina parece dar razão àqueles que sugerem o pessimismo do autor no final da vida. Ética, fragilidade, ambição, oportunismo são alguns dos tópicos que conferem atualidade a esta tragédia, imerecidamente menos recordada que as outras seis do autor que chegaram até nós. Também nesse texto, Sófocles explora o caráter ilusório das ações humanas. Seu sentido verdadeiro parece escapar a todos exceto aos deuses que, experimentando a eternidade, vislumbram o que, de sua perspectiva, permanece delineado. Filoctetes, assim como Édipo em Colono, vive, de certo modo, antecipadamente a morte, prefigura, em sua indiferença em relação ao mundo que o cerca, o sentido metafísico da ausência, o retorno ao vazio depois do inacreditável desenho que seu destino configurou. É assim que ele vê Troia no presente, como um não-acontecimento vazio de sentido. Essa a sua maior ironia: retornar para uma realidade que não lhe interessa minimamente, na qual verá empenhado um enorme exército. O resultado da guerra está nas mãos de alguém para quem ela não tem mais significado. Não estranharíamos se, no epílogo, Filoctetes antecipasse as palavras do famoso coro do drama que Sófocles escreveria a seguir, representado postumamente, o *Édipo em Colono* (vv. 1.224-8):

> O não ser nato
> vence todo argumento. Mas,
> advindo à luz,
> o rápido retroceder
> ao ponto de origem
> é o bem de segunda magnitude.

Métrica e critérios de tradução

A estrutura métrica da tragédia grega é bastante complexa. Nos diálogos, predomina o trímetro jâmbico, que possui o seguinte esquema:

x—ᴗ— x—ᴗ— x—ᴗ—

Em outros termos, a primeira sílaba do segmento ("pé"), pode ser breve ou longa; a segunda, longa; a terceira, breve; a quarta, longa. Essa unidade é repetida três vezes no verso. Em lugar da alternância entre sílabas átonas e tônicas, em grego o ritmo varia entre breves e longas (esta última com duas vezes a duração da breve).

Tomando como referência minha tradução do *Filoctetes*, o trímetro jâmbico é empregado do início até o verso "guardiã da pólis, sempissalvadora!" (que corresponde ao verso 134 do original, que passo a mencionar só pelo número). Entre o verso seguinte (135) e a passagem que termina com "Os gritos contínuos terribilizam!" (218), o padrão métrico altera-se e ganha diversidade. Esse entrecho concerne ao párodo, que demarca a entrada do coro na orquestra (espaço semicircular localizado entre o palco e a plateia, disposto em altura mais baixa), cantando e dançando. A estrutura do párodo pode variar; no caso do *Filoctetes*, em vez do canto especificamente, ocorre o diálogo lírico (musical) entre o coro e os atores. Entre o verso "quem se encoraja a manobrar os remos" (220) e "terá quem menospreze a gente atrida!" (390), retorna o trímetro jâmbico. Entre "Geia montanhosa"

(391) e "assentada em leões matadores-de-touros" (402), o coro intervém novamente com uma elocução metricamente variada, na denominada estrofe infraepisódica. O mesmo emprego de metros diferentes ocorrerá a seguir entre "Sensibiliza-te, senhor!" (507) e "fugindo à nêmesis, punição dos numes" (518, na chamada antístrofe infraepisódica). O trímetro jâmbico é mais uma vez usado nos episódios dialogais até o estásimo (canto e dança dos coros, inserido entre dois episódios distintos), que vai de "Sei por ouvir dizer, não vi eu mesmo" (676) a "remontou aos deuses, todos eles!" (729). A seguir, entre o verso "Se quiseres, avança! O que se passa?" (730) e "é deixar que mergulhe em doce sono" (826), retorna o trímetro jâmbico, embora, em alguns versos, dividido em duas partes. Entre "Sono, avesso ao desassossego" (827) e "onde o temor é mínimo" (864), novo diálogo lírico, com grande variação métrica. Mais um diálogo é introduzido e, com ele, o trímetro jâmbico, entre "Psiu! Silêncio! Não quero ouvir tolices" (865) e "mas não vos demoreis ao meu chamado!" (1.080). O metro torna a sofrer grande variação no *kommos* (canto de dor alternado, por um ou mais atores e pelo coro) e no epodo (terceira parte do coro) entre "Ó concavidade pétrea" (1.081) e "Sou nada, nulo nada!" (1.217). Nos 253 versos finais, a partir de "No que concerne a ti, há muito tempo" (1.218), predomina o trímetro jâmbico, salvo entre "Se é o que preferes, vamos!" (1.402) e "vamos, despede-te da terra!" (1.408), "De modo algum, sem antes escutares" (1.409) e "escuta o que eu profiro!" (1.417), "Ó voz ansiada que me envias" (1.445) e "zelai pelo retorno sem transtorno!" (1.471).

A apresentação acima do arcabouço métrico do *Filoctetes* está longe de ser exaustiva. Minha intenção ao demarcar as unidades rítmicas da peça é, em primeiro lugar, chamar a atenção do leitor menos familiarizado com o original grego para a enorme complexidade métrica do texto trágico e, em segundo, justificar os critérios adotados nesta tradução.

Mesmo no caso do metro mais regular, o trímetro jâmbico, empregado na maioria dos diálogos, constata-se a variação rítmica, graças à possibilidade da alternância entre sílaba longa e breve no início de cada pé.

Por esse motivo, empreguei o decassílabo na maior parte dos diálogos, com variação acentual, respeitando os parâmetros rítmicos possíveis para esse tipo de verso em português. Quanto às passagens com variação métrica no original, sobretudo as que se referem às intervenções do coro, adotei dois critérios, ora usando o verso livre, ora optando pelo verso polimétrico, privilegiando neste último caso a acentuação das sílabas pares.

Sobre o autor

Filho de Sófilo, Sófocles nasceu em Colono, vila situada dois quilômetros ao norte de Atenas. Autor de 123 peças, das quais só conhecemos sete — *Ájax*, *Antígona*, *As Traquínias*, *Electra*, *Édipo Rei*, *Filoctetes* e *Édipo em Colono* —, viveu cerca de noventa anos (496-406 a.C.). Sua carreira foi marcada por repetidos sucessos: de todos os concursos de tragédia de que participou, ficou em primeiro ou em segundo lugar, jamais em terceiro (último). Sua estreia e primeira vitória ocorreu em 468 a.C., ocasião em que derrotou Ésquilo, até então o mais bem-sucedido trágico grego, ganhador, entre outros, do concurso em 472 a.C., com a trilogia de que fazia parte *Os Persas*.

Sófocles é contemporâneo dos principais acontecimentos do quinto século ateniense: tinha 36 anos de idade quando o historiador Tucídides nasceu, 40 quando Ésquilo faleceu em Gela, na Sicília, 67 quando Péricles morreu em decorrência da peste que assolou Atenas em 429 a.C. Provavelmente assistiu ao primeiro triunfo de Eurípides numa competição dramática, em 449 a.C., quando contava 47 anos. Viu o Parthenon ser erigido em 447 a.C. e a portentosa estátua de Palas Atena em ouro e marfim, obra de Fídias, ser depositada no templo em 438 a.C. No mesmo ano em que representou *Édipo Rei* (425 a.C.), Aristófanes levava a público sua primeira comédia: *Acarneus*. Vivenciou os quase 27 anos da guerra contra Esparta, falecendo em 406 a.C., dois anos antes da capitulação de sua cidade.

Teve participação destacada na vida pública de Atenas, seja como tesoureiro entre 443 e 442 a.C., seja como general durante a revolta de Samos (441 a.C.). De acordo com Aristóteles (*Retórica* 1419a 25), foi um dos dez conselheiros designados para reverter a situação crítica por que passava a cidade após a derrota de sua armada em Siracusa (413 a.C.). Apesar disso, Íon de Quios, seu contemporâneo, escreveu que Sófocles carecia de habilidade política maior. De seus cinco filhos, um se tornou poeta trágico (Iofon) e outro (Ariston) foi pai do jovem Sófocles, que produziu a última tragédia do avô, *Édipo em Colono*, em 401 a.C. Segundo Plutarco (*Numa* 3), Sófocles teria sido responsável, em 420-19 a.C., pela introdução em Atenas do culto ao deus Asclépio e à serpente que o simbolizava. *Filoctetes* foi sua penúltima tragédia (409 a.C.), merecedora do primeiro prêmio no concurso trágico. Depois de sua morte, foram-lhe conferidas honras de herói, tendo sido cultuado com o nome de Dexion.

Sugestões bibliográficas

A edição crítica do *Filoctetes* mais recente que conheço, e que utilizei neste trabalho, é *Filottete*, com introdução e comentário de Pietro Pucci, organização do texto crítico de Guido Avezzù e tradução de Giovanni Cerri (Milão, Fondazione Lorenzo Valla/Arnoldo Mondadori Editore, 2003). Destacaria, nessa obra coletiva, as interpretações penetrantes de Pucci, dono de um estilo invejável e espírito aberto à recepção de teorias atuais.

A bibliografia sobre esta tragédia é vastíssima e, em sua maior parte, está publicada em revistas especializadas. Apesar disso, o leitor não-especialista poderá encontrar alguns desses artigos em duas coletâneas organizadas por Harold Bloom. Refiro-me a *Odysseus/Ulysses*, que inclui o texto de Martha Nussbaum, "Odysseus in Sophocles' *Philoctetes*", e *Sophocles*, que traz a análise de Meredith Clarke Hoppin, "What Happens in *Philoctetes*", ambos editados por Chelsea House, Nova York/Filadélfia, em 1991 e 1990, respectivamente. A coletânea organizada por Erich Segal, *Oxford Readings in Greek Tragedy* (Oxford University Press, 1983), estampa o ensaio "Philoctetes and Modern Criticism", de P. E. Easterling.

O clássico de Karl Reinhardt, *Sophokles* (Frankfurt, Klostermann, 1933), foi recentemente publicado entre nós (Brasília, Editora UnB, 2007, tradução de Oliver Tolle). Seu capítulo sobre o *Filoctetes* inspira algumas das análises de Pucci no livro supracitado. Menciono mais duas obras basilares da exegese sofocliana, que certamente enriquecerão não só a leitura do *Filoctetes*, como das demais tragédias do autor: Bernard Knox, *The Heroic Temper: Studies in Sophoclean Tragedy*, Berkeley, University of California Press, 1964; e Mary Whitlock Blundell, *Helping Friends and Harming Enemies: A Study in Sophocles and Greek Ethics*, Cambridge, Cambridge University Press, 1989.

Para os interessados em tragédia grega em geral, indico ainda o recente *A Companion to Greek Tragedy* (Oxford, Blackwell, 2005), editado por Justina Gregory. O capítulo sobre Sófocles, assinado por Ruth Scodel, revê interpretações consagradas sobre o poeta trágico. Para o estudo da biografia dos escritores gregos, sugiro o livro de Mary R. Lefkowitz, *The Lives of the Greek Poets* (Baltimore, Johns Hopkins University Press, 1981).

O ensaio de Edmund Wilson, "Philoctetes: The Wound and the Bow" — incluído ao final do presente volume —, integra o primeiro tomo das obras completas do autor, publicado recentemente, *Edmund Wilson: Literary Essays and Reviews of the 1930s & 40s* (Nova York, The Library of America, 2007, pp. 458-73).

Excertos da crítica

"Tanto Filoctetes quanto Odisseu, por diferentes razões, veem os deuses em função de suas próprias necessidades e paixões, não em função da vontade divina autônoma, e ambos (de maneiras diferentes) obstruem ou distorcem os oráculos que expressam essa vontade. Ainda assim existe uma diferença crucial. Enquanto Odisseu vê os deuses como espíritos favoráveis a seu próprio sucesso (133-4), a paixão particular com que Filoctetes incrimina os deuses revela seu veemente desejo de justiça divina."
Charles Segal (*Sophocles' Tragic World*, 1998)

"O sofrimento de Filoctetes se desenvolve em longas cenas de espasmo e de resistência moral que se combinam, criando um tom altíssimo, onde o grito selvagem inarticulado e irrefreável de dor se une a uma voz controlada, capaz de dominar a adversidade e a morte com o mesmo poder extraordinário que o arco possui de dominar a natureza."
Pietro Pucci (*Filottete*, 2003)

"Filoctetes leva a termo tudo o que esperaríamos de um herói trágico sofocliano. Nada pode forçá-lo à submissão. Ele resiste às ameaças dos inimigos e à persuasão dos amigos; quando lhe tomam o arco, que é seu único meio de vida, escolhe permanecer em Lemnos e morrer ao invés de ceder, e mesmo quando o arco lhe é restituído e lhe prometem glória e cura, ele ainda assim não pode ser persuadido pelo homem que agora ganhou o direito de ser chamado seu amigo."
Bernard Knox (*The Heroic Temper: Studies in Sophoclean Tragedy*, 1964)

"Estamos já familiarizados com peças de Sófocles que apresentam dois personagens de relevância central; aqui houve também a usual controvérsia sobre qual deles seria o mais destacado. Sem dúvida, tanto quanto a questão possa interessar, Filoctetes deve vir em primeiro, não por emprestar seu nome à peça, mas por ser o grande herói cuja história está sendo contada, e por ser tão sofocliano em seu heroísmo."

R. P. Winnington-Ingram (*Sophocles: An Interpretation*, 1980)

"No *Filoctetes*, Odisseu, que tenta tirar o arco de Filoctetes, já que sem ele Troia não pode ser tomada, é o experiente mestre em estratégias, mas é precisamente em função disso que ele falha, pois o jovem Neoptólemo, que assume de início seu plano com júbilo, volta-se contra ele quando vê seu efeito em Filoctetes, e todos os pressupostos em que se sustenta o início da peça são destruídos pela emergência da verdade em palavras e sentimentos."

C. M. Bowra (*Landmarks in Greek Literature*, 1966)

"O sofrimento de Filoctetes, ao contrário, não tem mais o sentido de que um homem tem de encontrar-se no monstruoso, no estranho como algo que fosse e pertencesse a si próprio. Se esse sofrimento é o destino, então é o destino de outro tipo, como todo o *páthos* desse drama, seja ele amizade, vitória ou coisas semelhantes. O essencial dele é a relação com o outro, a relação com a totalidade, no lugar da relação com seu próprio 'demônio'."

Karl Reinhardt (*Sophokles*, 1933) (ed. bras.: *Sófocles*, tradução de Oliver Tolle, Editora UnB, 2007)

"No *Filoctetes*, a solidão (acoplada à dor) não deve ser vista como algo menor que a substância dada do mito, o inicial e permanente *statu quo* do qual escapar está em foco no final da peça. Esse é um tema facilmente mal interpretado se atribuímos ao antigo rejeitado o individualismo autossuficiente de Robinson Crusoé, pois a consequência central do isolamento físico de Filoctetes não é a solidão e suas previsíveis misérias — males a serem contestados no espírito divagante —, mas um tipo de morte social."

John Jones (*On Aristotle and Greek Tragedy*, 1980)

"De todas as peças de Sófocles, *Filoctetes* é a mais complexa do ponto de vista ético. Filoctetes, Odisseu e a figura de Aquiles em plano de fundo apresentam diferentes paradigmas para o jovem Neoptólemo, que deve decidir no curso da peça qual modelo, se houver um, deve adotar como seu. Filoctetes e Odisseu são ambos dotados de convicções definidas, mas o caráter moral de Neoptólemo ainda está em processo de formação. Argumento moral e escolha ganham um papel dinâmico peculiar na trama, na medida em que o vemos exposto à influência de cada um dos dois homens mais velhos alternadamente."

Mary Whitlock Blundell (*Helping Friends and Harming Enemies: A Study in Sophocles and Greek Ethics*, 1989)

"Eu gostaria de argumentar que Sófocles retrata Odisseu como um homem que concilia o valor último dos estados de coisas e, especificamente, do estado de coisas que parece representar o maior bem possível de todos os cidadãos. Ele aprova qualquer ação que lhe pareça melhor promover o bem-estar geral, e resiste ao argumento de que há certas ações que não devem ser executadas por nenhum agente em função de seu caráter e princípios, censurando essa visão como uma forma de fragilidade."

Martha Nussbaum ("Odysseus in Sophocles' *Philoctetes*", em Harold Bloom, *Odysseus/Ulysses*, 1991)

"Entre Odisseu e Filoctetes, Neoptólemo, cujo próprio nome sugere aliás a juventude, faz figura de mediador obrigatório. Odisseu e o herói ferido, um e outro instalados em seus paroxismos, não se podem comunicar. Efebo, o filho de Aquiles está ligado à natureza selvagem, o que lhe permite relacionar-se com Filoctetes; soldado e futuro cidadão, ele deve obediência ao magistrado que é Odisseu. Mas a presença deste último deixa de ser necessária desde que os dois outros homens são reintegrados na vida 'normal'."

Pierre Vidal-Naquet ("Le *Philoctète* de Sophocle et l'éphébie", em Jean-Pierre Vernant e Pierre Vidal-Naquet, *Mythe et tragédie en Grèce ancienne*, 1972) (ed. bras.: "O *Filoctetes* de Sófocles e a efebia", em *Mito e tragédia na Grécia Antiga*, tradução de Anna Lia A. de Almeida Prado *et al.*, Perspectiva, 2005)

Filoctetes: a ferida e o arco[1]

Edmund Wilson

O *Filoctetes* de Sófocles está longe de ser a peça mais conhecida desse autor. O próprio mito não está entre aqueles que excitaram a imaginação moderna. A ideia da prolongada enfermidade de Filoctetes e seu desterro na ilha deserta é enfadonha ou desagradável para os jovens, que gostam de se identificar com homens de ação — com Héracles ou Perseu ou Aquiles; e nos adultos a história contada por Sófocles não é capaz de provocar a mesma comoção suscitada pelos crimes dos atridas e pelas tragédias do cerco de Troia. O que quer que pudesse haver de impactante na lenda perdeu-se junto com as outras peças e poemas a seu respeito. Filoctetes quase não é mencionado em Homero; e temos apenas uma ideia incompleta das peças de Ésquilo e Eurípides, que se vinculam a um momento crítico da campanha grega em Troia e que parecem ter explorado os sentimentos patrióticos dos gregos. Só conhecemos umas poucas linhas e frases esparsas da outra peça de Sófocles sobre o tema, *Filoctetes em Troia*, na qual o herói humilhado presumivelmente se curaria de sua ferida e alcançaria a vitória sobre Páris.

---

[1] Este ensaio de Edmund Wilson pertence ao livro *The Wound and the Bow: Seven Studies in Literature*, publicado originalmente em 1941 pela Houghton Mifflin e reeditado em 1947 pela Oxford University Press. A presente tradução se baseou na versão incluída em *Literary Essays and Reviews of the 1930s & 40s* (Nova York, The Library of America, 2007). A tradução para o português e as notas são de Cide Piquet. (N. do T.)

Sobreviveu apenas este curioso drama que apresenta Filoctetes no exílio — um drama que de forma alguma nos oferece aquilo que costumamos esperar de uma tragédia grega, já que não culmina em nenhuma catástrofe e que, na verdade, mais se assemelha à nossa ideia moderna de comédia (embora o registro das peças perdidas de Sófocles mostre que devem ter havido outras como esta). Seu interesse reside na interação dos traços de caráter dos personagens, num conflito psicológico gradual, quase tanto quanto no caso de *O misantropo* [de Molière]. Ademais, a peça se inscreve numa categoria ainda mais especial e em geral menos atraente (embora tampouco este fosse um traço incomum em Sófocles) dado que o conflito nem mesmo se dá entre um homem e uma mulher. Também não nos apresenta o espetáculo — que pode ser extremamente excitante — do indivíduo em conflito com o grupo social, que encontramos em peças destituídas do elemento feminino, como *Coriolano* [de Shakespeare] ou *Um inimigo do povo* [de Henrik Ibsen]. O conflito tampouco é dual, como a maioria dos conflitos dramáticos — em que nossas emoções oscilam entre dois personagens ou grupos opostos: ainda que Filoctetes e Odisseu disputem a lealdade de Neoptólemo, ele próprio se destaca de forma cada vez mais nítida como representante de um ponto de vista independente, de modo que o contraste assume uma configuração tríplice que impõe demandas mais complicadas às nossas simpatias.

Um dramaturgo francês do século XVII, Chateaubrun, achou o tema tão inconcebível que, tentando criar uma adaptação que fosse aceitável para o gosto de seu tempo, arranjou para Filoctetes uma filha chamada Sofia por quem Neoptólemo iria se apaixonar, trazendo assim o drama de volta à eterna e segura fórmula de Romeu e Julieta e do sindicalista apaixonado pela filha do industrial. E se rastrearmos as influências da peça na literatura desde a Renascença, encontraremos um repertório bastante exíguo: um capítulo do *Té-

lémaque de Fénelon,² uma discussão no *Laocoonte* de Lessing, um soneto de Wordsworth, uma pequena peça de André Gide, uma adaptação de John Jay Chapman — isto é tudo, até onde sei, que merece algum interesse.³

E no entanto a peça em si *é* do maior interesse, como alguns desses escritores perceberam; e é sem dúvida uma das obras-primas de Sófocles. Se, ao ler sua obra, nos deparamos com esta peça sem antes ter ouvido elogios a seu respeito, surpreendemo-nos por ficar tão encantados, tão comovidos — por nos vermos diante de algo que, em sua sutileza, é muito mais depurado que uma comédia moderna de estrutura triangular como *Candida* [de Bernard Shaw] ou *La Parisienne* [de Henry Becque], ou mesmo um caso velado de lealdade masculina em uma história de Ernest Hemingway, com os quais ela possui alguma semelhança. É como se a situação dos três homens na ilha deserta tivesse permitido ao escritor altamente sofisticado que foi Sófocles distanciar-se da estrutura dos velhos mitos a que ele está necessariamente subordinado e cujas barbaridades, anomalias e absurdos, ainda que ele os trate com sutileza e realismo, parecem por vezes tão deslocados quanto estariam num diálogo de Platão. Os personagens de *Filoctetes* nos parecem mais familiares do que na maior parte das tragédias gregas;⁴ e se revestem

---

² *Les Aventures de Télémaque, fils d'Ulysse* (As aventuras de Telêmaco, filho de Ulisses), romance educativo do teólogo e escritor francês François de Salignac de La Mothe-Fénelon (1651-1715). (N. do T.)

³ Mais recentemente, a lenda de Filoctetes ganhou versões do dramaturgo alemão Heiner Müller (*Philoktet*, de 1968, adaptação da tragédia de Sófocles), e do poeta e escritor irlandês Seamus Heaney (Prêmio Nobel em 1995), com sua peça *The Cure at Troy*, de 1990. (N. do T.)

⁴ "A propósito das raras ocasiões em que os antigos realmente se parecem conosco, sempre me pareceu que um ótimo exemplo era a peça de Sófocles [*Filoctetes*?], quando o rapaz se arrepende de sua mentira e

para nós de um significado mais íntimo. Filoctetes permanece em nossa mente, e sua ferida incurável e seu arco invencível nos vêm à lembrança com particular insistência. Mas o que eles significam? Como Sófocles é capaz de nos fazer aceitá-los tão naturalmente? Por que entramos quase sem hesitar numa história sobre sujeitos que estão preocupados com uma picada de cobra que nunca cicatriza e uma arma que nunca falha?

Consideremos primeiro a peculiar mudança que Sófocles parece ter introduzido na lenda, tal como ela lhe chegara das epopeias antigas e dos dramaturgos que a utilizaram antes dele.

O enredo básico da história era o seguinte: o semideus Héracles recebera de Apolo um arco que nunca errava o alvo. Quando, envenenado pela túnica de Dejanira, ele se fez cremar no Monte Eta, persuadiu Filoctetes a acender sua pira e o recompensou legando-lhe sua arma como herança. Filoctetes estava portanto formidavelmente armado quando mais tarde partiu para Troia com Agamêmnon e Menelau. Mas no caminho eles tiveram que parar na minúscula ilha de Crisa para oferecer um sacrifício à divindade local. Filoctetes é o primeiro a se aproximar do santuário e acaba sendo mordido no pé por uma serpente. A infecção se torna singularmente virulenta, e os gemidos de Filoctetes impedem a realização do sacrifício, que seria comprometido pelos ruídos agourentos; a picada começa a supurar com um cheiro tão horrível que seus companheiros não conseguem suportar sua presença. Eles o removem para Lemnos, uma ilha vizinha inabitada, muito maior do que Crisa, e navegam para Troia sem ele.

Filoctetes permanece ali por dez anos. A ferida misteriosa nunca cicatriza. Nesse ínterim, os gregos, enfrentando

---

restitui o arco." Justice Holmes a Sir Frederick Pollock, 2 de outubro de 1921. (N. do A.)

enormes dificuldades em Troia depois das mortes de Ájax e Aquiles, e aturdidos pela confissão de seu adivinho de que não mais os poderia aconselhar, sequestram o adivinho dos troianos e forçam-no a dar seu vaticínio, no qual este lhes revela que eles não vencerão a guerra enquanto não mandarem buscar Neoptólemo, o filho de Aquiles, e lhe derem as armas de seu pai, e enquanto não trouxerem Filoctetes com seu arco.

Ambas as coisas são feitas. Em Troia, Filoctetes é curado pelo filho do médico Asclépio, luta com Páris em combate singular e o mata. Filoctetes e Neoptólemo se tornam os heróis da tomada de Troia.

Tanto Ésquilo como Eurípides escreveram peças sobre este tema muito antes de Sófocles; e sabemos algo a seu respeito graças a uma comparação dos tratamentos dados pelos três dramaturgos feita por Dion Crisóstomo, um retórico do primeiro século da era cristã. Aquelas duas versões parecem ter se preocupado sobretudo com o papel de Filoctetes no êxito da campanha grega. Todas as três peças tratavam do mesmo episódio: a visita de Odisseu a Lemnos com o intuito de apossar-se do arco; e todas as três representavam Odisseu como particularmente detestável a Filoctetes (pois ele fora um dos responsáveis por abandoná-lo na ilha), sendo por isso obrigado a lançar mão da astúcia. Mas a ênfase do tratamento de Sófocles parece diferir fundamentalmente da dos outros dois. No drama de Ésquilo, segundo Dion Crisóstomo, Odisseu não era reconhecido por Filoctetes, e parece que simplesmente roubava o arco. Em Eurípides, Atena o disfarçava sob a aparência de outra pessoa e ele fingia ter sido prejudicado pelos gregos, tal como Filoctetes o fora. Ele precisava competir com uma delegação de troianos que havia sido enviada para capturar o arco para o seu lado e que chegara ao mesmo tempo que ele; e não sabemos precisamente o que acontecia. Mas Dion Crisóstomo via a peça como uma "obra-prima de declamação" e "um modelo de argumentação engenhosa", e Jebb[5] considera provável que Odisseu vencesse a disputa com um apelo ao patriotismo de Filoctetes. Como Odisseu estava fingindo ter sido prejudicado pelos gregos, ele poderia apontar seu próprio exemplo ao subjugar seus ressentimentos pessoais a fim de salvar a honra grega. Assim, o tema moral proposto tanto por Ésquilo como por Eurípides teria sido simplesmente, tal como o tema da cólera de Aquiles, o conflito entre as paixões de um indivíduo — neste caso, um indivíduo que sofrera uma autêntica injustiça — e as exigências do dever a uma causa comum.

Este conflito também aparece em Sófocles, mas assume um aspecto peculiar. Nas peças de sua autoria que chegaram até nós, Sófocles se mostra particularmente bem-sucedido no trato de personagens cuja natureza foi envenenada por ódios fanáticos e mesquinhos. Mesmo considerando a tendência dos heróis gregos, seja nas lendas ou na história, de se deixarem levar por ímpetos de raiva verdadeiramente infantis, sentimos em Sófocles um certo ponto de vista especial, uma certa simpatia especial por tais casos. Esses personagens — Electra e o velho Édipo amargurado — sofrem tanto quanto odeiam: é por sofrerem que eles odeiam. Eles causam horror, mas provocam pena. Filoctetes é desse tipo: um homem obcecado por uma mágoa que, no seu caso, a agonia de um tormento físico o impede de esquecer; e para Sófocles sua dor e ódio têm uma dignidade e um interesse. Assim como, para Sófocles, de forma alguma é evidente que no caso de Antígona *versus* Creonte o ponto de vista oficial de Creonte, representando os interesses de sua facção vitoriosa, devesse ter a palavra final contra Antígona, enfurecida por um agravo pessoal; tampouco é evidente para ele que a moralidade de Odisseu, que

---

[5] Sir Richard Clarverhouse Jebb (1841-1905), político e *scholar* britânico, grande tradutor do grego e do latim, traduziu para o inglês, entre outras obras clássicas, as sete peças conhecidas de Sófocles, a *Retórica* de Aristóteles, a *Ilíada* e a *Odisseia* de Homero. (N. do T.)

mente e rouba em nome da pátria, necessariamente mereça prevalecer sobre a animosidade do torturado Filoctetes.

A contribuição de Sófocles à história é uma terceira pessoa que irá simpatizar com Filoctetes. Esse novo personagem é Neoptólemo, o jovem filho de Aquiles, que, junto com Filoctetes, é indispensável à vitória dos gregos e acaba de ser convocado a Troia. Odisseu é encarregado de conduzi-lo a Lemnos com o objetivo de enganar Filoctetes e levá-lo, a qualquer custo, a bordo do navio.

A peça se abre com uma cena entre Odisseu e o rapaz, na qual o primeiro explica o objetivo da viagem. Odisseu permanecerá oculto para não ser reconhecido por Filoctetes, e Neoptólemo deverá ir até a gruta onde Filoctetes vive e conquistar sua confiança fingindo que os gregos lhe roubaram as armas de seu pai, de modo que também ele tem um ressentimento contra seu povo. Em sua inocência e candura, ao ser informado sobre seu papel, o jovem se opõe, mas Odisseu o convence lembrando-lhe que eles só poderão derrotar Troia mediante sua obediência e que, depois de derrotá-la, ele será louvado por sua bravura e sabedoria. "Tão logo tivermos vencido", Odisseu lhe assegura, "nos portaremos com perfeita honestidade. Mas, por um breve dia de desonestidade, permita-me indicar o que você deve fazer — e depois você será conhecido para sempre como o mais correto dos homens" [vv. 82-5].[6] A linha argumentativa de Odisseu nos é bem familiar graças aos políticos do nosso tempo. "Então não é vil dizer falsidades?", pergunta Neoptólemo. "Não", diz Odisseu, "quando uma falsidade pode nos trazer a salvação" [vv. 108-9].

---

[6] Como o autor mistura paráfrase e citação ao reproduzir o texto de Sófocles, e, mesmo neste último caso, adapta os diálogos dos personagens ao seu próprio texto, optamos por traduzir essas passagens diretamente do inglês. Os versos correspondentes da tradução de Trajano Vieira estão indicados entre colchetes. (N. do T.)

Neoptólemo vai falar com Filoctetes. Ele o encontra na miserável gruta — descrita por Sófocles com característico realismo: a cama de folhas, a rústica tijela de madeira, as bandagens imundas secando ao sol — onde ele tem vivido em trapos há dez anos, saindo de tempos em tempos, mancando, para caçar aves selvagens ou para arranjar água e lenha. O rapaz ouve a dolorosa história do abandono de Filoctetes pelos gregos e conhece sua indignação. O capitão arruinado pede a Neoptólemo que o leve de volta a sua ilha natal, e o jovem finge concordar. (Aqui e em outras passagens estou resumindo as cenas e simplificando um desenvolvimento mais complexo.) Mas bem na hora em que eles estão deixando a gruta para se dirigir ao navio, a chaga no pé de Filoctetes começa a latejar funestamente, anunciando uma de suas erupções periódicas: "Ela volta de tempos em tempos", diz o inválido, "como se estivesse farta de vadear" [vv. 757-8]. Logo ele está estendido no chão, contorcendo-se em uma abjeta agonia e suplicando ao jovem que ampute seu pé. Ele entrega o arco a Neoptólemo, dizendo que cuide dele até a crise passar. Um segundo espasmo, pior que o primeiro, subjuga-o a ponto de fazê-lo implorar ao garoto que o atire na cratera do vulcão de Lemnos: assim como ele próprio, diz, acendera o fogo que consumiu o atormentado Héracles e em troca recebera suas armas, que agora ele entrega a Neoptólemo. A dor cede um pouco. "Ela vem e vai", diz Filoctetes, e pede ao jovem que não o abandone. "Não se preocupe. Nós ficaremos." "Nem lhe pedirei que jure, filho." "Não seria correto deixá-lo" (não seria correto, é claro, nem do ponto de vista dos gregos) [vv. 807-14]. Eles apertam as mãos. Um terceiro surto faz o aleijado se retorcer; desta vez ele pede a Neoptólemo que o carregue de volta à gruta, mas em seguida recua e se debate. Por fim o abcesso rompe, o sangue escuro começa a jorrar. Desfalecendo e suando, Filoctetes adormece.

Os marinheiros que vieram com Neoptólemo o incitam a fugir com o arco. "Não", responde o jovem. "Ele não pode nos ouvir; mas estou certo de que levar o arco sem ele não será o bastante. É a ele que cabe a glória — foi ele que o deus nos mandou levar" [vv. 839-42].

Enquanto estão discutindo, Filoctetes acorda e agradece ao rapaz com emoção: "Agamêmnon e Menelau não foram tão pacientes e leais". Mas agora eles precisam levá-lo ao navio, e o jovem terá que presenciar seu desengano e suportar suas ásperas censuras. "Os homens o carregarão", diz Neoptólemo. "Não é preciso incomodá-los: só me ajude a levantar", responde Filoctetes. "Seria desagradável demais para eles ter de me levar por todo o trajeto até o navio" [vv. 886-92]. O odor da chaga tornara-se nauseante. O jovem começa a hesitar. Os outros veem que ele tem uma dúvida. "Não estará com tamanho asco de minha ferida que julga impossível me ter a seu lado no navio?" [vv. 900-1] —

οὐ δή σε δυσχέρεια τοῦ νοσήματος
ἔπεισεν ὥστε μή μ' ἄγειν ναύτην ἔτι;

A resposta é uma das mais efetivas dentre aquelas falas curtas e diretas de Sófocles que tornam uma situação explícita pela primeira vez (minhas tentativas de reproduzir esse diálogo coloquialmente não fazem nenhuma justiça ao sentimento e propósito dos versos):

ἅπαντα δυσχέρεια, τὴν αὑτοῦ φύσιν
ὅταν λιπών τις δρᾷ τὰ μὴ προσεικότα.

"Tudo se torna repugnante quando somos falsos à nossa própria natureza e nos portamos de forma indecorosa" [vv. 902-3].

Ele confessa suas verdadeiras intenções; e tem lugar uma cena dolorosa. Filoctetes censura o garoto com termos que seriam apropriados a Odisseu; ele se vê destituído de seu arco e abandonado para morrer de fome na ilha. O jovem fica terrivelmente aflito: "Para que fui deixar Ciro?", ele se pergunta. "Camaradas, o que devo fazer?" [vv. 969-70].

Neste momento, Odisseu, que estivera ouvindo, irrompe de seu esconderijo. Repreendendo Neoptólemo com rispidez, ordena-lhe que entregue as armas. O espírito do jovem se inflama: quando Odisseu invoca a vontade de Zeus, Neoptólemo diz que ele está aviltando os deuses ao lhes imputar suas próprias mentiras. Filoctetes se volta para Odisseu com uma invectiva que não pode deixar de impressionar o generoso Neoptólemo: por que vieram buscá-lo agora?, ele pergunta. Por acaso ele não é mais tão agourento e repugnante como era quando eles o transformaram em um pária? Eles só voltaram para buscá-lo porque os deuses disseram que era preciso.

O jovem agora desafia seu mentor e toma o partido de Filoctetes. Odisseu o ameaça: se ele persistir, terá todo o exército grego contra si, e eles farão com que seja punido por sua traição. Neoptólemo declara sua intenção de levar Filoctetes para casa e lhe devolve o arco. Odisseu tenta intervir, mas Filoctetes, já de posse do arco, aponta-lhe uma flecha. Neoptólemo segura sua mão e o contém. Odisseu, sempre prudente, bate em silenciosa retirada.

O rapaz tenta agora convencer o homem furioso de que ele deveria, não obstante, socorrer os gregos. "Eu provei minha boa-fé", diz Neoptólemo, "você sabe que não vou tentar coagi-lo. Por que ser tão inflexível? Quando os deuses nos afligem, somos obrigados a suportar nossos infortúnios; mas devemos nos compadecer de um homem que sofre por sua própria escolha? A serpente que o mordeu era um agente dos deuses, era a guardiã do santuário da deusa, e eu lhe juro por Zeus que os filhos de Asclépio o curarão se você nos deixar levá-lo para Troia" [vv. 1.308-35]. Filoctetes, incrédulo, não cede. "Você me deu sua palavra", ele diz, "então me leve de volta para casa" [vv. 1.367-8]. "Os gregos irão me atacar e me destruir." "Eu o defenderei." "Como você poderia?"

"Com meu arco" [vv. 1.403-8]. Neoptólemo é obrigado a ceder.

Mas então Héracles surge repentinamente dos céus e assegura a Filoctetes que o que o jovem diz é verdade, e que ir para Troia é o correto. Ele e o filho de Aquiles hão de permanecer lado a lado como leões e hão de triunfar gloriosamente. — Aqui o *deus ex machina* deve certamente simbolizar uma mudança que se processou no coração de Filoctetes em consequência de ele ter encontrado um homem que reconhece o mal que lhe foi feito e que está disposto a defender sua causa desafiando todas as forças gregas. Seu protetor, o magnânimo Héracles, que realizara ele próprio tantas nobres façanhas, reafirma sua influência sobre o discípulo. O longo ódio é finalmente exorcizado.

Em um belo discurso lírico que conclui a peça, Filoctetes diz adeus à gruta onde passou tantas noites prostrado escutando o ronco das ondas que se chocavam contra o promontório, e molhado pela chuva e pelos respingos trazidos pelas tempestades de inverno. Um vento favorável soprou; e ele navega rumo a Troia.

É possível supor diversas motivações por trás da escritura de *Filoctetes*. A peça foi escrita em 409 a.C., quando — se a lenda de sua longevidade for verdadeira — Sófocles teria oitenta e sete anos; e acredita-se que a ela se tenha seguido *Édipo em Colono*, atribuído a 405 a.C. ou 406 a.C. Esta última peça trata diretamente da velhice; mas dir-se-ia que *Filoctetes* antecipa este tema de outra forma. Filoctetes, como o proscrito Édipo, é um homem arruinado, humilhado, abandonado por seu povo, exasperado pela penúria e pelo sofrimento. Ele é amaldiçoado: a chaga de Filoctetes é um equivalente dos execráveis pecados de Édipo, ao mesmo tempo incestuoso e parricida, que fizeram do soberano um pária. E contudo, de certa forma, ambos são figuras sagradas que adquiriram poderes sobre-humanos, e que estão fadadas a expurgar sua culpa. Uma passagem da primeira peça chega a ser flagrantemente repetida na outra. A ideia do promontório golpeado pelas ondas e do doente que jaz em sua gruta açoitado por vento e chuva assume, no *Édipo em Colono* (Colono era o povoado natal de Sófocles), um valor moral simbólico. Da mesma forma os males da velhice acometem Édipo. Eis os versos, na tradução de A. E. Housman:

> *This man, as me, even so,*
> *Have the evil days overtaken;*
> *And like as a cape sea-shaken*
> *With tempest at earth's last verges*
> *And shock of all winds that blow,*
> *His head the seas of woe,*
> *The thunders of awful surges*
> *Ruining overflow;*
>
> *Blown from the fall of even,*
>   *Blown from the dayspring forth,*
> *Blown from the noon in heaven,*
>   *Blown from night and the North.*[7]

Mas Édipo resistiu assim como Filoctetes resistiu desafiando o frio e a escuridão, os ventos uivantes e as ondas trovejantes; o velho cego é aqui ele mesmo o promontório que se ergue contra a tempestade.

Vale a pena lembrar uma história de ampla circulação a respeito do criador dessas duas figuras. Conta-se que, em sua

---

[7] "Não estou só. Comigo ele se encontra, mísero!/ Como ao cabo boreal, que a escuma/ multi-revolta açoita,/ escumas na rebentação, terríveis/ desde o acúmen, sem trégua, intermitentes,/ as dores o fustigam,/ umas desde o sol-pôr,/ outras do sol-nascente,/ outras do sol-a-pino,/ outras do Ripeu,/ noite fosca", na tradução de Trajano Vieira (São Paulo, Perspectiva, 2005). (N. do T.)

extrema velhice, um dos filhos de Sófocles o levou à justiça sob a queixa de que ele já não tinha competência para administrar seus bens. O velho poeta teria recitado uma passagem da peça que estava então escrevendo: o coro em louvor de Colono, com sua límpida canção de rouxinóis, sua hera cor de vinho, o açafrão brilhando dourado e os narcisos úmidos de orvalho, onde a corrente imaculada do Céfiso vaga pela planície que se estende cada vez mais vasta e onde a oliveira de folhas gris floresce sob a vista de Atena de olhos glaucos — reluzente Colono, geradora de corcéis e remadores guiados pelas Nereidas. A cena teria sido representada sobre o estrado, e Sófocles teria dito: "Se eu sou Sófocles, não sou mentalmente incapaz; se eu sou mentalmente incapaz, não sou Sófocles". Seja como for, a história diz que o tribunal, composto por seus amigos e compatriotas, aplaudiu e absolveu o poeta e repreendeu o filho litigante. Os heróis humilhados e arruinados das últimas peças de Sófocles ainda são pessoas de misteriosa virtude, que seus pares são obrigados a respeitar.

Há também uma possibilidade, uma grande probabilidade até, de que Sófocles pretendesse identificar Filoctetes com Alcibíades. Este indivíduo brilhante e singular, um dos grandes líderes militares dos atenienses, havia sido acusado por adversários políticos de danificar as estátuas sagradas de Hermes e de zombar dos mistérios eleusinos, e fora intimado a comparecer a julgamento em Atenas quando estava fora, em sua campanha contra a Sicília. Imediatamente ele passara para o lado dos espartanos, dando início a uma insolente careira de lealdades inconstantes que terminou com seu retorno para o lado ateniense. Em um momento de extremo perigo, ele assumira uma parte da esquadra ateniense e derrotara os espartanos em duas batalhas sensacionais, em 411 e 410, varrendo-os do leste do Egeu e permitindo que os atenienses dominassem o Helesponto. *Filoctetes* foi encenado em 409, quando os atenienses já o queriam de volta e estavam dispostos a retirar as acusações contra ele e devolver-lhe a cidadania. Alcibíades foi um exemplo notável de um mau caráter que era indispensável. Plutarco diz que Aristófanes descreve bem o sentimento anteniense por Alcibíades ao escrever: "Eles sentem sua falta e o odeiam e anseiam tê-lo de volta". E a doença de Filoctetes poderia simbolizar seus defeitos morais: a natureza desregrada e inescrupulosa que, embora ele pareça ter sido inocente das acusações que lhe fizeram, dava-lhes certa plausibilidade. Deve ter parecido também aos atenienses, após as vitórias de Ábidos e Cícico, que ele possuísse algo como um arco invencível. Plutarco diz que os homens que serviram sob seu comando na tomada de Cícico chegaram de fato a se julgar invencíveis e se negaram a dividir alojamentos com soldados que haviam lutado em batalhas de menor sucesso.

Contudo, tanto por trás do retrato da velhice como da linha relativa a Alcibíades, é possível sentir em *Filoctetes* uma ideia mais geral e basilar: a concepção de força superior como indissociável da deficiência.

Pois a superioridade de Filoctetes não reside meramente em seu arco encantado. Quando Lessing replicou a Winckelmann, que se referira ao aleijado de Sófocles como se ele fosse um exemplo da noção convencional de fortaleza clássica impassível, ele observou que, longe de ser um exemplo de impassibilidade, Filoctetes é completamente desmoralizado toda vez que tem uma de suas crises, e que no entanto isso só faz crescer nossa admiração pelo orgulho que o impede de escapar da ilha ao preço de ajudar aqueles que o desertaram. "Nós desprezamos", dizem os que se opõem, "todo homem a quem uma dor física arranca um grito. Oh, mas não sempre; não se é a primeira vez, nem se vemos que o sofredor tensiona cada um de seus nervos para sufocar a expressão de sua dor; não se sabemos que ele é na verdade um homem de firmeza; ainda menos se testemunhamos provas de sua firmeza no meio mesmo de seus sofrimentos, e notamos que, embora a dor tenha lhe arrancado um grito, ela não arrancou nada mais dele, mas que, ao contrário, ele prefere se submeter ao prolongamento de sua dor a abrir mão de um centésimo de suas convicções, mesmo quando tal concessão lhe garantisse o fim de suas misérias."

Para André Gide, em seu *Philoctète*, a obstinação do eremita inválido assume um caráter quase místico. Ao persistir em sua vida lúgubre e solitária, o Filoctetes de Gide conquista o amor de um Neoptólemo mais pueril e até angaria o respeito de um Odisseu menos severo. Ele pratica uma espécie de virtude superior não apenas à virtude deste último, com seu código de obediência às demandas do grupo, mas também à do primeiro, que se esquece de suas obrigações patrióticas em favor de um afeto pessoal. Existe algo acima dos deuses, diz o Filoctetes de Gide; e é virtuoso devotar-se a isso. Devotar-se a quê? O que está acima dos deuses?, pergunta Neoptólemo. Eu não sei, ele responde; devotar-se... A desventura de seu exílio na ilha permitiu-lhe que se aperfeiçoasse: "Aprendi a me expressar melhor", diz ele, "agora que não estou mais entre os homens. Entre caçar e dormir, eu me ocupo em pensar. Minhas ideias, desde que estou sozinho e nada, nem mesmo o sofrimento, as perturba, têm tomado um rumo sutil que às vezes mal consigo seguir. Cheguei a conhecer mais sobre os segredos da vida do que meus mestres jamais me revelaram. E me habituei a contar a história dos meus sofrimentos, e se a frase era realmente bela, bastava para me consolar; por vezes chegava até a esquecer minha tristeza ao pronunciá-la. Acabei por compreender que inevitavelmente as palavras se tornam mais belas quando deixam de ser articuladas em resposta às demandas dos outros...". O Filoctetes de Gide é, de fato, um homem de letras: ao mesmo tempo um artista e um moralista, cujo gênio se torna mais puro e profundo em razão de sua proscrição e isolamento. No fim, ele deixa que os intrusos lhe tomem o arco, contentando-se com o fato de que Neoptólemo consegue manejá-lo, e se entrega a uma bem-aventurada tranquilidade, aliviado por não haver mais nenhum motivo para que o procurem.

Com Gide nos aproximamos de uma implicação adicional, que nem mesmo Gide desenvolve plenamente mas que deve ocorrer ao leitor moderno: a ideia de que gênio e doença, assim como força e mutilação, talvez estejam inextricavelmente vinculados. É significativo que os dois únicos escritores de nosso tempo que tiveram especial interesse por Filoctetes — André Gide e John Jay Chapman[8] — tenham ambos sido pessoas que não só, como o herói da peça, colocaram-se à margem das regras morais da sociedade e defenderam sua posição obstinadamente, mas que sofreram de distúrbios psicológicos que os tornaram, no caso de Gide, malvisto por seus pares; e no caso de Chapman, extremamente difícil. Nem é talvez fortuito que Charles Lamb,[9] tendo convivido com a insanidade de sua irmã, escolhesse a figura de Filoctetes, em seu ensaio *O convalescente*, como um símbolo de sua própria "febre nervosa".

E devemos mesmo, acredito, conceder a Sófocles certa percepção especial sobre a psicologia mórbida. Os temas trágicos de todos os três grandes dramaturgos — a loucura, os assassinatos e os incestos — podem nos parecer mórbidos o bastante. O herói com uma ferida incurável era inclusive um tema recorrente na mitologia, e não se restringia à lenda de Filoctetes: havia também a história de Télefo, igualmente

---

[8] John Jay Chapman (1862-1933), ensaísta norte-americano muito elogiado pela crítica de seu tempo, sobre quem Edmund Wilson escreveu um ensaio (incluído no livro *The Triple Thinkers*) no qual relata os motivos que o levaram a queimar deliberadamente sua mão esquerda. (N. do T.)

[9] Charles Lamb (1775-1834), escritor e ensaísta inglês. Em 1796, num surto psicótico, sua irmã Mary Lamb esfaqueou e matou a mãe com uma faca de mesa. Reconhecendo sua insanidade momentânea, o júri a livrou da condenação por homicídio doloso, com a condição de que Charles se responsabilizasse pessoalmente por sua guarda. (N. do T.)

ferido e igualmente indispensável, sobre quem tanto Sófocles como Eurípides escreveram peças. Mas há uma diferença entre o tratamento dado por Sófocles a esses temas épicos convencionais e o tratamento dado pelos outros escritores. Ésquilo é mais religioso e filosófico; Eurípides, mais romântico e sentimental. Sófocles, em comparação, é clínico. Arthur Platt, que tinha especial interesse no aspecto científico dos clássicos, diz que Sófocles era escrupulosamente atualizado na ciência médica de seu tempo. Ele próprio foi intimamente associado pela tradição ao culto de Asclépio, cujo filho irá curar Filoctetes: Luciano havia lido um poema que ele dedicara ao deus-médico, e Plutarco menciona que Asclépio teria visitado sua residência. Diz-se também que na verdade ele teria sido sacerdote de um outro culto medicinal. Platt menciona particularmente seus conhecimentos médicos — que o naturalismo e a precisão com que descreve a ferida de Filoctetes ilustram.

Mas há também em Sófocles uma distanciada observação do funcionamento dos distúrbios mentais. A loucura de Ájax é uma loucura genuína, da qual ele se recupera para ficar horrorizado ao perceber o que fez. E não foi sem uma boa razão que Freud reconheceu a contribuição de Sófocles para a denominação do complexo de Édipo — já que Sófocles não só dramatizara o mito que lidava com a violação do tabu do incesto, como exibira o impulso recalcado por trás dele, na fala em que Jocasta tenta tranquilizar Édipo lembrando-lhe que não era incomum os homens sonharem em dormir com suas mães — "e aquele que não pensa nada disso passa pela vida mais facilmente". Aqueles que não passam pela vida tão facilmente são apresentados por Sófocles com um entendimento muito sólido das origens dessa conduta anormal. Electra é o que denominaríamos hoje esquizofrênica: a mulher que chora sobre a urna que supostamente contém as cinzas de seu irmão não está "integrada", como dizemos, com a fúria que prepara o assassinato de sua mãe. E certamente o fanatismo de Antígona — "fixada", como Electra, no irmão — foi intencionalmente concebido para ser algo anormal. A supressão feita por Jebb no texto de Sófocles da passagem em que Antígona explica a importância única de um irmão, e sua manipulação do diálogo na cena em que ela trai sua indiferença pelos sentimentos do homem com quem deveria se casar, estão sem dúvida entre as curiosidades da erudição vitoriana — embora ele estivesse seguindo a deixa de Goethe, que lamentava o fato de Antígona ter sido mostrada por Sófocles como se agisse por motivos triviais, e tinha esperanças de que um dia se provasse que sua fala sobre o irmão era espúria. Aristóteles havia citado essa fala de Antígona como um exemplo notável do princípio segundo o qual, se algo peculiar acontece em uma peça, o dramaturgo deve mostrar sua causa. Jebb admitiu que sua reescritura dessas passagens não tinha nenhuma justificativa textual concreta; e em um caso ele viola flagrantemente a convenção do diálogo verso a verso. Aceitar sua emenda implicaria assumir que Aristóteles não conhecia o texto original e fora incapaz de criticar a versão corrompida. Não: Antígona esquece seu noivo e se mata por seu irmão. Sua tímida irmã (como a tímida irmã de Electra) representa o ponto de vista feminino normal. O ponto de vista de Antígona é peculiar, diz Aristóteles. (A verdadeira motivação de Antígona foi retraçada com inequívoca precisão pelo professor Walter R. Agard em *Classical Philology*, no número de julho de 1937.)

Todos esses personagens insanos ou obcecados de Sófocles exibem um tipo perverso de nobreza. Eu falei da autoridade da expiação que emana do Édipo combalido. Mesmo a virulência da vingança de Electra condiciona a intensidade de sua ternura por Orestes. E do mesmo modo a fúria alucinada que leva Ájax ao delírio, a agonia de Héracles na túnica de Nesso, por mais terrivelmente que transformem suas vítimas, não podem jamais destruir suas virtudes heroicas. O pobre e desgraçado Ájax alcançará a honra que lhe é devida após seu suicídio, e ocupará um lugar mais alto em nossa estima do que Menelau e Agamêmnon, esses líderes brutais e obtusos que, tanto aqui quanto em *Filoctetes*, obviamente estão longe de merecer a predileção de Sófocles. Em seus momentos finais, Héracles ordena a seu espírito que ponha freios de aço em seus lábios para impedi-lo de gritar, e que o guie em sua tarefa suicida como algo a ser desejado.

Alguns desses males são de origem física, outros são de origem psicológica; mas eles estão ligados entre si. O caso de Ájax vincula um distúrbio psicológico como o que temos em Electra, por exemplo, com o acesso de dor e ira que leva Héracles a matar o arauto Licas; o caso de Héracles associa um envenenamento que provoca uma fúria assassina a uma infecção que, embora altere a personalidade, não torna a vítima de fato demente: a ferida de Filoctetes, cuja agonia vem em espasmos, como a de Héracles. Todos esses casos parecem intimamente relacionados.

Tem sido a desventura de Sófocles figurar na tradição acadêmica como o modelo de frieza e moderação, qualidades que a tradição considera clássicas. Aqueles que nunca o leram — lembrando-se da famosa estátua — provavelmente imaginarão algo vazio e marmóreo. Na verdade, como diz C. M. Bowra, Sófocles é "profundo e apaixonado". Quase tudo o que a tradição do mundo antigo nos diz sobre ele sugere equanimidade, amabilidade e o gozo de uma rara ventura. Mas há uma importante exceção: a anedota na *República* de Platão em que Sófocles é representado dizendo que o fim do desejo amoroso que lhe viera com a velhice havia sido como a libertação de um senhor insano e cruel. Ele *possui* equilíbrio e lógica, é claro: estas qualidades admiradas pelos classicistas; mas tais qualidades só contam porque elas regem tamanha selvageria e loucura. De certa forma, mesmo no mais venturoso Sófocles houve um Filoctetes doente e alucinado.

E agora retornemos a *Filoctetes* como uma parábola da personalidade humana. Eu interpretaria a fábula da seguinte maneira. A vítima de uma ferida malcheirosa que o faz repulsivo à sociedade e periodicamente o degrada e o torna impotente é também o senhor de uma habilidade sobre-humana que todos precisam respeitar e da qual o homem comum acredita necessitar. Um homem prático como Odisseu, ao mesmo tempo rude e perspicaz, julga que de algum modo pode conseguir o arco sem ter Filoctetes em suas mãos, ou que pode sequestrar Filoctetes o arqueiro sem levar em conta Filoctetes o inválido. Mas o jovem filho de Aquiles compreende melhor. É no momento em que sua simpatia por Filoctetes deveria naturalmente impedi-lo de o enganar — pois as influências sobrenaturais em Sófocles são frequentemente feitas com infinita delicadeza, de modo a se transformarem em motivações subjetivas —, é neste momento de natural hesitação que fica claro para ele que as palavras do vidente significavam que o arco seria inútil sem o próprio Filoctetes. É da natureza das coisas — desse mundo em que o divino e o humano se fundem — que eles não possam ter a arma invencível sem o seu repugnante dono, o qual perturba os processos da vida comum com seus gemidos e imprecações, e que, em todo caso, se recusa a trabalhar para aqueles que o exilaram de seu convívio.

É muito justo que Filoctetes se recuse a ir a Troia. No entanto, também está decretado que ele se curará quando for capaz de esquecer sua mágoa e empregar seus dons divinos a serviço de seu próprio povo. É justo que ele se recuse a submeter-se aos propósitos de Odisseu, cuja única ideia é explorá-lo. Como então transpor o abismo entre o estado de invalidez do arqueiro e seu uso adequado do arco, entre sua ignomínia e a glória a que está destinado? Somente pela intervenção de alguém honesto o bastante e humano o bastante para tratá-lo não como um monstro, tampouco como uma mera propriedade mágica que se deseja para alcançar um objetivo, mas simplesmente como outro homem, cujos sofrimentos despertam sua simpatia e cuja coragem e orgulho ele admira. Quando essa relação humana se concretiza, parece a princípio que ela terá por consequência frustrar o propósito da expedição e arruinar a campanha grega. Ao invés de conquistar o proscrito, Neoptólemo se proscreve a si mesmo, num momento em que tanto o rapaz como o aleijado são desesperadamente necessários aos gregos. Mas ao assumir o risco para sua causa que está implícito no reconhecimento de sua humanidade em comum com o doente, ao se recusar a quebrar sua palavra, ele dissolve a obstinação de Filoctetes, e assim o cura e o liberta, e salva também a campanha grega.

Sobre o tradutor

Trajano Vieira é doutor em Literatura Grega pela Universidade de São Paulo (1993), bolsista da Fundação Guggenheim (2001), com estágio pós-doutoral na Universidade de Chicago (2006) e na École des Hautes Études en Sciences Sociales de Paris (2009-2010), e desde 1989 professor de Língua e Literatura Grega no Instituto de Estudos da Linguagem da Universidade Estadual de Campinas (IEL/Unicamp), onde obteve o título de livre-docente em 2008. Tem orientado trabalhos em diversas áreas dos estudos clássicos, voltados sobretudo para a tradução de textos fundamentais da cultura helênica.

Além de ter colaborado, como organizador, na tradução realizada por Haroldo de Campos da *Ilíada* de Homero (2002), tem se dedicado a verter poeticamente tragédias do repertório grego, como *Prometeu prisioneiro* de Ésquilo e *Ájax* de Sófocles (reunidas, com a *Antígone* de Sófocles traduzida por Guilherme de Almeida, no volume *Três tragédias gregas*, 1997); *As Bacantes* (2003), *Medeia* (2010), *Héracles* (2014), *Hipólito* (2015), *Helena* (2019) e *As Troianas* (2021), de Eurípides; *Édipo Rei* (2001), *Édipo em Colono* (2005), *Filoctetes* (2009), *Antígone* (2009) e *As Traquínias* (2014), de Sófocles; *Agamêmnon* (2007), *Os Persas* (2013) e *Sete contra Tebas* (2018), de Ésquilo, além da *Electra* de Sófocles e a de Eurípides reunidas em um único volume (2009). É também o tradutor de *Xenofanias: releitura de Xenófanes* (2006), *Konstantinos Kaváfis: 60 poemas* (2007), das comédias *Lisístrata*, *Tesmoforiantes* (2011) e *As Rãs* (2014) de Aristófanes, da *Ilíada* (2020) e *Odisseia* (2011) de Homero, da coletânea *Lírica grega, hoje* (2017) e do poema *Alexandra*, de Lícofron (2017). Suas versões do *Agamêmnon* e da *Odisseia* receberam o Prêmio Jabuti de Tradução.

Este livro foi composto em Sabon e Cardo, pela Bracher & Malta, com CTP da New Print e impressão da Graphium em papel Pólen Natural 80 g/m² da Cia. Suzano de Papel e Celulose para a Editora 34, em junho de 2023.